加藤宗哉

遠藤周作 おどけと哀しみ

わが師・狐狸庵先生との三十年

河出書房新社

遠藤周作　おどけと哀しみ——わが師・狐狸庵先生との三十年　†　目次

カバー・表紙写真撮影＝稲井勲

遠藤周作　おどけと哀しみ——わが師・狐狸庵先生との三十年

序章

最期の言葉が何であったか、知ったのは死の翌々日だった。これから通夜のミサに出かけようという午後、目黒の祐天寺に近い遠藤邸で夫人から教えられた。

亡くなる二日前のことである。病室で生活を共にしていた夫人が所用で外出した。その帰途、駅のエスカレーターで転び、肩をつよく打った。痛みをこらえて病院にもどり怪我の経緯を病室に来ていた家族に話したのだが、そのとき遠藤周作はベッドで眼を閉じ、眠っているようにみえた。当時はめっきり言葉も少なくなり、はた目には意識が混濁しているような日々を送っていたのである。

ところが皆が帰っていつものように夫婦二人だけになった夜、待っていたように、

「心配だなあ」

と一言だけつぶやいた。

それが結局、最期の言葉になったという。

翌日の昼食の折、誤嚥《ごえん》した食べ物を喉につまらせ、呼吸ができず、意識不明におちいった。食べ物の一部は肺にまで入りこんでいて、取り出すのに五分という時間がかかったのである。連絡を受けてぼくが病院に駆けつけたとき、ベッドにはすでに人工呼吸器が取りつけられていた。自発呼吸が回復すれば危機は脱する。しかし誤嚥したものが肺に入ったということは、食べ物に付着している雑菌によって肺炎が起こり、高熱に襲われる。それを乗り越えられるかどうかだと、御子息の龍之介さんが説明してくれた。

遠藤周作はすこし辛そうにみえた。

人工呼吸器のふとい管から酸素を送りこまれるたび、顔がわずかに歪み、呻きごえが洩れた。もちろん意識はなかったのだから、本当に苦しかったかどうか、わからない。

亡くなったのは、それから四十時間あまり後である。ついに自力の呼吸は回復することがなかった。診断書に記された文字は、「肺炎」と「呼吸不全」である。

——主人の手を私はずっと握っていたんですけれど、

と、これも後になってからの夫人の言葉である。

——人工呼吸器をつけられているときは、たしかにちょっと辛そうな表情をしていました。でも、管をみんな外した瞬間から、主人の顔が変わって、とても静かな顔になりました。おれはいま平安なところに来ているから心配するな、泣くな……って、そんな私へのメッセージが握っている手を通して伝わってきたんです。それで私も落ち着くことができました。主人が死んだら私はきっと号泣するだろうと思っていたけれど、不思議なほど静かな感じでいられたのは、あのメッセージのおかげです。

メッセージといえば、じつはぼくにもこんなことがあった。

病状の急変を聞いて病院に駆けつけた後、一応の安定を見て病室を辞し、いったんぼくは家にもどった。しかし時間をどう過ごしていいかわからず、仕方なくしばらく前から続けていた作業、遠藤周作のすべてのエッセイ集のなかから或るテーマにそった文章だけを抜きだして一冊の本をつくるという作業に取りかかった。その最後の章がまだできあがっていなかった。新しい本のタイトルは『生きる勇気が湧いてくる本』、残った最後の章は「老・死編」で、その日ぼくが最後にワープロで写しとったのは次の文章である。すこし長くなるが引用しておきたい。

〈彼女（キューブラー・ロス）は二千五百人ほどの蘇生者にインタヴューをした。蘇生者とは医師に「お亡くなりになりました」と宣告されて三分後、五分後にまた息を吹きかえしたような患者のことを言う。

「あなたは」とロス先生は一人、一人にたずねた。「息を吹きかえすまで、どんな体験をなさったのです」

この質問に蘇生者たちが答えた、二千五百にちかい回答が彼女の手もとに集まった。

ところが、その回答にはふしぎなことに共通したものが見られたのである。その共通したものを彼女は京都でスピーチをした。

共通したものは三つあった。

第一は意識と肉体の分離である。具体的には死んだ瞬間、自分の遺体をとりかこんで家族が泣き、医師が死を宣告している光景を蘇生者たちがはっきり見ているのである。

一人の眼のみえぬ老婦人の死にロス博士は立ちあったそうだが、彼女は蘇生したあと、

「先生はその時、こんな服装をしていましたね」

と眼がみえなかったにかかわらず、自らの死に立ちあったロス博士の服装の色まではっきり言ったという。(略)

第二は自分より先に死んだ肉親や愛した者がそばに来て助けてくれようとしているのを、はっきり感じたという。言いかえるならば、愛した死者と再会できたというわけだ。

第三はロス自身の表現をかりるならば、「愛と慈愛とにみちた光」に包まれ、その光の源の方向に行きたいと思ったが、その時、息をふきかえしたという。

以上の三つをロスは京都の国際学会で語った。(略)

もしロスが何かの宗教者だったり、宗教を説くためにこのようなスピーチをしたというなら、私などもその話を荒唐無稽なものとして退けただろう。

しかし彼女は一人の医師として、医学者として自分が二千五百人の蘇生者から聴いた話

をそのまま報告したにすぎぬ。しかしその報告の途中、彼女が「今は、私はもうひとつの世界が我々の死後にあることを信じます」と言っているのは注目に価する〉

（『眠れぬ夜に読む本』）

このエッセイが書かれたのは、まだ多くの日本人たちが臨死体験《ニア・デス》という言葉に馴染みが薄かった頃であるが、ぼくはワープロでその文章を引きうつしながら、思いだしていた。当時、遠藤周作が会う人ごとにキューブラー・ロスの話をしていたことを。なかでも臨死体験者たちの第二の共通点である〈自分を愛してくれた死者と再会できる〉という証言をしきりに強調していた。

「自分より先に死んでいった、自分を愛してくれた者に会える、というのはいいなあ。ねえ、いいと思わんですか」

自分より先に死んだ愛する者……それは遠藤周作の場合、まず一番に母親であることは疑いもなかった。自宅の居間にも、仕事場の書斎にも、夏を過ごす軽井沢の山荘にも、そして最後の病室の枕もとにも、古くて黄ばんだ御母堂の写真がいつも飾られていたし、自分が死んだら府中の墓地の母親のすぐ隣に納骨してほしいとも望んでいた。

その母親と、会える――。

しかも写真や遺骨ではない本物の遠藤郁に会えるのである。

もちろん、キリスト教徒遠藤周作は死後の世界を信じていた。そのことはエッセイのなかでもしばしば言明している。しかし「死後の世界を信じる」ことと「死を怖れない」こととは別の問題で、「信じるからこそ怖れる」という理屈も成り立つ。すべてが無くなるのであれば怖がる必要もないが、無くならないとなると逆に怖い――。そう考えていたかどうか断定する自信はないが、少なくともぼくの眼に映る遠藤周作は従容として死におもむく自分の姿を想像できずにいるようなところがあった。もっと人間的でジタバタした死を思い描いていたのだと思う。

それだけに、キューブラー・ロスの報告を語るときの安らぎ癒されたような表情は印象的だった。そして話の最後にはいつも決まってこう言っていた。

「なんとも魅力的じゃないですか。こんな話を聞くと死ぬのが怖くなくなるでしょう。怖くなくなりませんか」

それは傍から見るとどこか〈死ぬ愉しみ〉を繰りかえし自分に言いきかせているようにも思えたが、その頃の遠藤周作は六十代に入ったばかりで、まだ充分に健康で、仕事も遊びも精力的にこなしていた。

そんなことを思いだしながらキューブラー・ロスについてのエッセイを写し終えたとき、遠藤家からの二度目の電話が鳴ったのである。

「残念ながら、あと一時間ほどだということです」

感情の抑えられた、語尾までが明瞭な御子息の声を聞いて、ぼくはワープロの電源も切らずに女房と家を飛びだした。病院までは三十分とかからない。

だが、臨終には間に合わなかった。

遠藤周作はすでに全部の器具をはずされ、体ひとつでベッドのうえにいた。人工呼吸器で呻きごえを洩らしていた昼間のゆがんだ顔は、そこにはなかった。まるで……そう、感傷を隠さずに言えば、幸福で美しい夢でもみているかのようであった。そしてそのときぼくは直感したのだ。

——あっ、いま、お母さんに会っているぞ。

深い、どうすることもできぬ哀しみがやってきたのは、そのあとのことである。

第一章　夕映え作戦

ニューヨークJ.F.K.空港の待合室でギャングになりきる

死ぬときは死ぬがよし、という良寛の言葉に倣って、還暦をすぎた頃からよく言い、書いてもいた。

――老いるときは老いるがよし。

しかし六十代半ばになっても実際の遠藤周作は驚くほど若かった。絶えまなく働き、好奇心は一向に衰えず、取材や講演旅行に出かけても歩くのは誰より速かった。もっとも足が速くなるのは自分が興味をいだいた場所へ出かける場合で、義理で出むく名所旧跡となると途端に老人の足どりを真似る。

もともと、老人の振りを好む傾向があった。老人を気どる、と言ったほうがいいだろうか。たとえば、ぼくの部屋にはずっと以前から一枚の大きなパネルになった写真がかかっている。昭和四十一年に『沈黙』が書かれた直後、町田市玉川学園の自宅の庭で撮られた写真で、遠藤周作は当時四十三歳、撮影は田沼武能氏である。

写真では被布《ひふ》を着て、顎にも口にも白く長いヒゲをつけ、杖をつき腰を曲げて立っている。江戸時代の茶人か俳人、あるいは墨客といった感じだが、どこか「舌きり雀」のお爺さんのようでもある。狐狸庵山人を名乗りはじめた頃のちょっとしたイタズラで、撮影後にはその格好のまま銀座のバーへ飲みに行ったというが、老爺《ろうや》に扮した表情はいかにも得意げだ。生来の扮装ずき、役者願望までが透けてみえる。

その写真は、かつて渋谷の南平台や代々木深町の仕事場にかかっていたが、あるとき、ねだってぼくがもらってきた。以来、机の前の壁にかけつづけている。

いつも机から離れようとして、ふっと顔をあげると、その写真に眼がいく。そこに遠藤周作がいる。白いツケ眉毛の下から、ひねた古老のようにジロリと眼をむいて、こっちを見ている。

するとぼくのなかに、ひとつの声が聞こえてくるのだ。

「勉強しとるか、加藤。勉強せえよ」

出会って三十年、特に後半の十年あまりは取材や講演旅行はもちろん、普段でもたびたび一緒にいることを幸運にも許されてきたが、実際に、

「勉強しとるか」

と言われたことは一度もない。

だが写真の遠藤周作と眼があうと、なぜだかそう叱られている気がしてならない。そのた

びにぼくは頭を掻き、遊び心を抑えつけて机にもどる。

遠藤周作が猛烈な勉強家だったことは、意外に知られていない。とにかく読書の量はケタはずれだった。フランス留学時代やその後の修業時代は無論だが、原稿や講演に追われるようになってからも、七十歳に近づいてからも、読書量だけはまったく減ることがなかった。毎日、一度は本屋をのぞき、書棚から数冊の書物を選びだす。しかもそれが実に早い。ものの五分とかからない。それはセッカチな性格のせいばかりではなかった。

「棚に並んでいる本の背中を見ただけで、何かピンとくるものがある。長年のカンやろうか。面白そうな本は、いかにも面白いぞという背中をしとる。カンがはずれることはまずないな」

一緒に本屋に入り、むこうが数冊の本を小脇に抱えてレジにいるとき、こっちはまだ一冊の本さえ選びだせずにいる。それがしばしばだった。

「本は自分の体験になる。だって俺たちは一人でそれほどたくさんの経験をつめるわけじゃない。本が体験を補ってくれる」

そんなことを聞いたのはもうずいぶん昔、ぼくが学生の頃だった。以来、会うたびに必ず一度は本の話になった。

「あれは面白かったぞ。読んだか」

それはたいてい小説ではなく、科学の本だったり、宗教や心理学、歴史、音楽の本だった。

そしてたまにぼくがその本を読んでいたときには、二人でずいぶん長い時間、それについて話しあうことができた。

やがてぼくは思った。こんどはこっちから、そんな台詞《せりふ》を言ってみたいものだ。……先生、こんな本があるんですけど、面白かったですよ。

ところがようやくそんな本を見つけ、いさんでその台詞を口にしてみると、むこうはいとも簡単に、

「ああ、それか。読んだ」

と言うのである。

この本はまさか知るまい、という意気込みもことごとく一蹴された。結局、ぼくの願いは最後までかなうことはなかった。

ところが七十歳になって腎臓を病んでからは、くりかえされた入院生活のあいだに徐々に視力を弱らせていた。本を読むことができない。それは堪えがたい辛さだったはずだ。

あるとき、人工透析機の据えられた病室をたずねると、突然、

「おれが勉強ばかりしてきたことは、加藤が知ってる。なあ、知っとるよなあ」

とぼくの手をとり、しぼんだ眼ですがるように見つめてきたことがあった。知りあってはじめて見る弱気な遠藤周作だったが、あれはやはり、読書の思うようにできぬ哀しみだったのかもしれない。

とにかく最後の闘病生活は辛いものだったが、病室をたずねるたびに感じたのは、そこに立ちこめる不思議なほどのぬくもりの気配だった。ベッドの下には、いつもスチール製の簡易寝具が無造作な感じで押しこまれていた。それが日によって少しずつ位置を変えている。最後の三年の闘病生活中、入院には夫人が寝起きを共にしていたのである。そのことがどれほどの安心感となっていたか、容易に推測できる。

ひとつの思い出がある。

あれは十年ほどまえ、たしか遠藤周作が還暦を迎えたあとだったか。不意に、こう聞かれたことがある。

「カミさんを悦ばせる言葉というのを、加藤は言ったことがあるか」

九州の宮崎の、客のすっかり消えた郷土料理屋のカウンターに坐り、夜、二人で酒を飲んでいたときだった。その地で講演があり、ぼくは御供で出かけたのだが、講演終了後、主催者側の接待を断って、ふたりで街へ晩飯を喰いに出たのだった。ところが時間が遅かったせいか暖簾《のれん》をしまいかける店が多く、ようやく探し当てた路地の奥のその店も、すでに閉店の準備をはじめていた。遠藤周作は接待される食事というのが苦手で、たいてい断る。そしてぶらりと街に出て店を探すのだが、その夜は妙にわびしかった。南国宮崎といえども外には木枯らしが吹いていた。客は他にはひと組もなく、店内の電気ストーブは我われの足元の一つをのぞいてすべて消され、おまけにカウンターのむこうでは店主らしい老夫婦が無言で食器を洗いはじめていた。こんなことなら多少の我慢はしてでも接待の食事を受ければよかった、とぼくは後悔さえしはじめていた。

そんな気配を察知して、おそらく話題を提供してくれたのだと思う。

「お前さんもそろそろ、カミさんを悦ばせる台詞を言わなければいかん年ごろだぞ。言ったことはあるか」

「ありません。ぼくは最近、女房の顔さえ忘れました。もう何年、見てないかなあ。だってむこうの顔を見て話すなんてことは、まずありませんから」

「ひでえ亭主だな」

と苦笑された。

しかしそれからどのくらいぼくらは相談しただろう。女房を悦ばす言葉で、もっとも効果的なものは何か……。

「髪型が変わったな」とか「今日の服は似合うぞ」などというのはテイドが低い。「おれのオムツはお前にしか替えてもらわない」はココロザシが低い。「お前のオフクロさんが死ぬとき、俺はそのオフクロさんに、お前さんに関してぜひ言っておきたい感謝の言葉がある」というのはややワカリヅライ……。

結局、意見が一致したベストの台詞とは次のものになった。

——こんど生れてきてもお前さんと一緒になるだろうなと、ぼそりと呟くこと。

「この、ぼそりと、というのがミソだな」

と結論が出たとき、ぼくらは食事を終え、それまでの話を聞いていたにちがいないカウンターのむこうの老夫婦がそれぞれに微妙な笑みを隠しながら洗い終った皿を片付けはじめていた。

ところが宮崎から帰って三日目、都内で何人かで食事をし、夜更けになった帰り道でこんなことを言ったのである。

「きのう、例の台詞をカミさんに言ってみたぞ。晩メシのあとで、何気なくさ」

ぼくは身をのりだした。

「そしたらカミさん、フンと鼻で笑ってさ、何言ってるのよって台所に立ちかけた。しかしな、その背中が……ニターッとしとった」

病院をたずねるたび、ぼくはあのときの言葉を思いだしたのだが、苛酷な闘病生活であったにもかかわらず病室がいつも不思議な安穏に包まれていたのは、そこにひと組の夫婦が作りだす、かなり抑制の効いた労《いたわ》りあいの温かさが立ちこめていたからにほかならない。

その後、遠藤周作はいちど退院し、だがまもなく散歩中に軽い脳内出血を起こして、再入院した。

さいわい、脳の出血はごく小規模で手術の必要もなく、ひと月ほどの安静で跡形もなく消えた。そして歩行の練習や、言語のリハビリもはじまっていた。

医師が枕元に来て、

「遠藤さん、今年は何年でしたかね」

と訊くが、ジロリと眼をむいて答えない。

「千九百何年でしたか」

催促されても、依然として黙ったままだ。

何度目かのおなじ質問に、ようやく無愛想に答えた。

「一九九五年」

一年ずれていたのである。

その話を聞いて、ぼくは遠藤家の秘書を長年つとめる塩津さんという女性に言った。

「今年が西暦何年か、元気なときだって先生はわからなかったじゃないですか。そういうことは昔からまったくダメな人でしたよね」

塩津さんも笑って言った。

「ボスは本当にダメ。物の名前とか、場所の名前は昔からメチャクチャです。まして年号なんて知るわけがありません。でも、お医者さまは心配なさったらしくて……」

そういえばいつだったたか、

「こんど車を買ったんだ、エム・ジー・エムを」

と言ったことがある。例によって言い間違いだと思ったから、

「ＭＧですか？　スポーツカーを買ったんですか」

「いや、違う違う。ＭＧＭだ、いま人気があるやろ。こんど乗ってみてくれ」

結局なんのことかわからず、話は有耶無耶のまま終ったが、あとで家の前まで行って、わかった。ＢＭＷだった。

しかしそれ以後も、あいかわらず遠藤周作はＭＧＭと言いつづけた。……ＭＧＭは映画会社の名前ですよ、あの車はＢＭＷです、となんど言っても効果はまったくなかったのである。

脳内出血の予後、口数もめっきり減り、そのため遠藤夫人はできるかぎり言葉を話させようとしていた。病室には毎日、遠藤家の家事を二十年以上にわたって助けてくれている女性が通っていたが、夫人が、

「――さんですよ」

と知らせると、

「――さん、ありがとう」

とベッドのうえで片手をあげる。

秘書の塩津さんが来て、

「ボス、言ってください。塩津のバカ、って。よくおっしゃってたでしょ」

すると、突然口をつぐんで困ったような顔になった。そしてとうとう、この言葉のほうは口にしなかった。

しかしそんな時期でも、得意のイタズラ心だけは失わなかったようだ。あるとき塩津さんに、

「すまんが、原稿用紙を持ってきてくれないか」

と言った。

原稿用紙が届くと、そこにまず自分の名前を鉛筆で書いた。塩津さんが、

「私の名前も書いていただけますか」

と言うと、フルネームを正確に書いた。それから、手伝いの女性の名前もきちんと書いた。

夫人が、

「わたしも」

とせがむと、ちょっと視線を宙に浮かせて考えるふうをし、それから「遠藤純子」と書いたのである。純の字が違っていた。

——あれはわざとですね。

とあとで夫人がぼくに言った。

——わたしをからかおうと思ってわざと間違えたのよ。昔からよく言っていたんです。うちの女房は一字なくせば藤純子。一字違いで大違い、って。

若い人のために言い添えれば、藤純子はかつて映画の「緋牡丹のお竜」役で人気を博した女優で、現尾上菊五郎夫人・富司純子さんである。

脳内出血が癒えて退院の日、エレベーターの前で、看護婦たちから花束を贈られた。拍手がわいた。赤いリボンのついた花束を抱えた遠藤周作は車椅子のうえで照れくさそうだったが、はっきりと礼の言葉を口にした。それから何を思ったか懸命に剽軽な顔をつくり、ペロリと舌を出して言ったのだ。

「でも、もう来ないよお」

まわりから笑いが起こったが、ぼくは一瞬、その表情と台詞にこめられた必死の思いを察して胸がしめつけられた。

遠藤周作のイタズラ心は、ぼくが知っている三十年間、いっときも止んだことがない。どうやら少なくとも一日に一度は、こんどはどんなイタズラをしてやろうか、と考えていた節があった。

夜、不意に電話がかかってくる。

「おい、女親分を呼んでな、若い女の子たちを怖がらせてやろうじゃないか」

「女親分ですか」

「ぴったりのオバはんがうちの劇団におるやないか。あの人を女親分に仕立てよう。子分役は……そうだ、あいつがいい。浅草で絵のイレズミを売っとるだろう。あれを体に貼りつけて、シャツの胸でもはだけさせておけば一目瞭然や。それでな、女親分がタバコ！　と子分に言うのや。子分がポケットをあわてて探って、スンマセン、切らせました、と言うとな、女親分が突然怒りだして、ドジな子分の手をハイヒールの踵で思いっきり踏みつける。すると子分の手から赤チンがバッと噴き出す。……どや、一緒にいる若い女の子たちは震えあがるでェ」

こうして女親分事件は実現にむけて動きだしていく。それぞれの役割が決められ、イレズミと赤チンも用意され、騙され役の女の子たちに、当日はもうひとり優雅な家元夫人も客として追加された。そしてリハーサル通りに食事の途中で、黒ずくめの女親分が髪ふり乱して子分を打擲する。女の子たちと家元夫人が背筋をこわばらせ、伏せた眼も上げられなくなった頃、女親分が最後の一喝を放つ。

「だいたい遠藤さん、アタシは不愉快よ。あなたに呼ばれたからここへ来たけど、何だい、さっきから聞いてりゃ、どこの家元夫人だか知らないけど、みんなで御機嫌ばかり取りやがって……。これじゃアタシの顔が立たないじゃない。いったいどうしてくれるのさ、アタシの顔を」

もちろんそれも予定の台詞だったが、その剣幕に家元夫人が青ざめ、ハンドバッグもカーディガンもそのままに、身の危険を感じたとでもいうように脱兎のごとく部屋から出ていってしまったのは台本にはない出来事だった。

七十歳に近づいた頃からそんなイタズラはさらにエスカレートし、大がかりなものになった。ちょうど素人劇団「樹座《きざ》」の公演が、かつての紀伊國屋ホールや都市センターホールのような比較的地味な劇場から、青山劇場や国立劇場といった大劇場に移っていったように、イタズラもきわめて大規模になっていった。

遠藤周作はなぜイタズラを好むか……という質問にときどき出会うが、もちろんそれは勉強漬けの毎日を送ってきたことと無関係ではない。膨大な量の原稿を書き、おびただしい数の本を読む毎日がつづけば、どこかで気分転換が必要となる。生活のチャンネルの切りかえはもともと得意とするところであった。「樹座」を率いてみずから歌って踊り、あるいは「宇宙棋院」をつくって碁をうち、ダンスに興じ、奇術や催眠術をおぼえ、そして茶を習ったのも、ひっくり返して考えれば猛烈な勉強をささえるための栄養剤だったのかもしれない。

もっともそんなことを言うと、

「加藤、人間の行動の理由は一つだけではないぞ。そんな単純なものではない。人間はもっと重層的なのだ」

と叱られそうではあるが。

……そう、たしかに遠藤周作のイタズラにはもっと別の意味がこめられていた、と遅れ馳せながらぼくは気づきはじめている。いま、ぼくのなかに浮かんでくるのは、イタズラを仕掛けるときの嬉しそうな顔ではなく、むしろ懸命にイタズラを愉しもうとする必死の形相なのだ。それは極端に言えば、晩年の闘病生活のなかで見せた辛く苦しげな姿に似ている。つまり、ぼくはいまこう考えているのだ。あれはイタズラを愉しんだのではなく、懸命に、必死に、遊ぼうとしたのだと。

イタズラが大がかりになった頃の遠藤周作は、頭髪だけはずいぶんと後退していたものの、痩身の長軀にはあいかわらず洒落た服が似合い、長い脚がめだち、歩く姿も颯爽としていた。七十歳に近づいても依然としてダンディーで、しかも精力的で好奇心にもあふれていた。東に夫婦喧嘩あれば飛んでいって見物し、西に奇人があらわれれば駆けつけて対談する。北海道から九州まで、とにかく一年中動きまわっていた。しかし思い出してみれば、その頃から会話の端ばしに「老い」という言葉がのぞくようになってはいた。

夕映え——という台詞を最初に耳にしたのは、夏、札幌へ行く特別寝台列車のなかだったろうか。

講演旅行に同行して、ぼくは夕刻、東京駅からその夜行特急に乗りこんでいた。列車が出発してまもなく、車掌が夕食の案内にきて、ぼくらは食堂車に向かった。豪華なダイニングルームで、白い厚手のテーブルクロスのうえには硝子の粒がひかる電気スタンドも置かれていた。ちょっとヨーロッパの贅沢な特急列車を思わせるような光景だったが、夕刻の食堂車の客の大半は年老いたカップルで、男二人という取合せはぼくらだけである。

テーブルについたときから遠藤周作は周囲の老夫婦たちに眼を向けていた。誘われるように、ぼくも視線を送った。どの老夫婦も、ほとんど会話はない。おそらく何十年も連れ添った夫婦なのだろう。妻のほうは着飾り、夫と向かい合う豪華な夕食に満ちたりた笑みを浮かべていた。そして夫のほうはといえば、どこか憮然とした面持ちでナイフとフォークを動かし、黙りこくっているのが逆にほほ笑ましかった。ごくたまに妻のほうから話しかけるが、夫は「ああ」とか「おお」とか短い返事をかえすだけである。

それを見ていた遠藤周作が、やにわに懐から時計を取り出した。時間を計っている。耳が隣席の老夫婦に向けられているのがわかった。

ははぁーん、とぼくは思った。老夫婦たちの会話が何秒おきに交わされるか、計っているのだ。そのうちに、

「おい、四十秒だな、平均」

と抑えた声が聞こえた。それから顔をふりあげ、上顎を舌でなぞるような感じで窓外の景色を眺めはじめた。ちょうど夕暮れにさしかかり、線路わきの景色が光るような葡萄色に染まっていた。落ちかかる陽に、山や田畑や人家の屋根がきらめく。

そのまましばらく黙っていたが、やがて、

「夕映えだな」

とだけつぶやいた。

「はい」

とぼくは夕景に眼をほそめながら通俗的な言葉を返した。

「きれいですね」
情けなくもぼくは気づかなかった。夕映えという言葉に重ねられたもう一つのイメージを。旅から帰った翌週、新聞に連載されていた随筆にはこう書かれていた。

〈……外は黄昏になっていく。空が薔薇色に染まり、山々の影も紺色に変わった。その黄昏の風景と「人生の黄昏」にさしかかった老夫婦たちの姿がみごとに調和して、私はこの列車に乗ってよかったと思った。／だがその時、ふっと考えた。／この食堂車の老夫婦たちのすべてに、やがて夜の時間がくるのではないかと。黄昏が闇になっていくのではないかと。／いずれ夫婦のどちらかが病むであろう。そしてこの世を去るだろう。そして一人だけが残される。／あるいは一方が長い病床に伏さねばならない。老いの辛さは誰にでもいずれはやってくるのだ。／その時間までの短い夕映え。夫婦の夕映えがこの旅行風景なのではないか。それだからこそ、彼らの姿が私には、これほどせつなく見えるのではないか。／そしてまた考えた。これは他人ごとではないのだ。明日はわが身の風景なのだ。（略）「オタガイ、ガンバリマショウ」／突然、私の胸にまるで電報のような片仮名の文字が浮かびあがった。その片仮名の文字はこの人たちにたいする連帯感のまじった私の祝電のようなものだった〉

（『万華鏡』）

その夕映えの寝台特急で北海道へ行ったときのことだ。

札幌での講演を終え、翌日、ぼくらは函館にいた。そこでも講演が予定されていて、主催者がホテルに迎えに来た昼すぎから、函館は雨になった。

車が市内中央の講演会場に近づいたとき、遠藤周作が誰にともなく言った。

「札幌は、雨か」

眠そうな眼が、濡れて黒ずんだ市街にむけられていた。繰りかえすが、そこは函館である。

「これじゃあ、あしたの函館も雨か……」

いつになく弱よわしいその作り声を聞いたとき、ぼくのなかにピンとくるものがあった。

助手席に坐っていた担当者は若い女性だった。眼鏡をかけた、気品にみちた美人である。しかしどこかに、真面目一徹といったイメージが漂う。

ははぁーん……例のやつがはじまったのだ、とぼくは確信した。こういうケースは未だ経験がないが、とにかく話をあわせるしかない。

「いやだなあ、先生」とぼくは言った。「ここは函館ですよ。札幌じゃありません」

「函館？　ここは札幌じゃないのか」

惚けたような顔になって、また力のない声をだす。

「どうしたんですか、先生……大丈夫ですか」

「加藤クン、いったいボクは、ここへ何をしに来たのか」

弱よわしい声はつづく。助手席を見やると眼鏡の美人が不安げな眼差しになっていた。

「何をしに来たのかって、忘れたんですか。函館に講演に来たんです。これから先生は講演をするんですよ」

「講演？　ああ、そうか。しかし、困ったなあ……何を話したらいいのか、弱ったなあ」

それから長いため息を洩らし、口を少しひらいたまま、力が抜け切ったように窓の外を眺めはじめた。それはなかなかの名演技ではあった。まるで、自分が好きな笠智衆のような、飄々とした演技だった。

助手席の女性が振りかえり、小声でぼくに言った。

「あのお……大丈夫でしょうか」

不安の色が隠せない。

「最近、ときどきこういうことがあるんですよ。まあ大丈夫だとは思いますが」と助手席に身を乗りだし、相手の耳元でぼくはさらに声をひそめた。「しかし念のため、講演中は舞台のソデにひかえて、注意していてください。それから……お手数ですが演壇の下にバケツを用意していただけませんか」

「バケツですか」

「はい。じつは大きな声では言えないのですが、最近、ときどきシッキンするんです」

そのとき横から遠藤周作が、たまりかねたようにぼくの腰を指で突いた。もちろん、助手席の女性には見えぬ位置ではあったが。

この日、遠藤周作は大きなバケツを置いた演壇に立ち、担当の女性が手を握りしめて見守るなか、

「えェー……」

と言ったきり、何も言わなかった。表情も姿勢も動かさず、ただじっとマイクを見つめる。舞台のソデから担当者が飛びだそうとするのを、ぼくは押しとどめた。

十秒ほどして、遠藤周作はようやく口をひらいた。それは多少ダミ声ではあったが、静かで滑らかな、いつもの口調だった。そしていつもと変わらぬユーモア溢れた、それでいてしみじみとした話だった。マイクの前で十秒間黙ったのは、聴衆をひきつけるために時折もちいる、いつか森繁久彌さんから教えられた特別のテクニックである。

講演終了後、担当の女性にイタズラを打ち明けると、彼女は不意に烈しく泣きだし、それから笑いはじめた。その涙と笑いのいりまじった顔にむかって遠藤周作は深ぶかと頭をさげ、神妙に詫びの言葉をのべた。


ぼくらのなかに「夕映えを愉しむ会」が誕生したのは、その北海道旅行から帰ってまもなくのことだった。もちろん提唱者は遠藤周作で、

「皆さん方もひとつ、人生の夕映えを愉しんでみてはいかがだろう」

という一言からそれはスタートすることになった。メンバーはいずれも樹座の古くからの座員たちである。

「イケダさん、あなたの年齢では少し早すぎるかもしれないがね」

イケダさんというのは遊び心いっぱいの人物で、趣味が昂じて碁会所の席亭となり、みずから曙段九郎と名乗って「宇宙棋院」の顧問もつとめていた。当時、五十歳を少しすぎていただろうか。しかし、ときに幼児のような一面を見せる。

みんなで遠藤周作の講演旅行に同行したときのことだ。講演がすんで、例によって主催者側の宴席をことわり、夕食に出かけた。その座敷で、イケダさんが駄々をこねだしたことがある。

「遠藤先生はいいなあ。さっきの講演会でも、花束を持ってきた若いきれいな女の子から、先生、先生と言われて……。ぼくなど生れてから一度も、先生と呼ばれたことなんてないですよ」

そう口をとがらせるイケダさんを見て、遠藤周作は困ったような笑いを浮かべ、

「わかりました。ではひとつ、今日はイケダ先生とお呼びしましょう。イケダ先生、どうぞ上座へ」

と、床の間を背にした席をすすめたのだが、ちょうどそのとき、店の女将が座敷へ挨拶に来たのである。

女将は客が遠藤周作だとすぐにわかったらしかった。しかしその遠藤周作が「先生」と呼んでいる人物には心当たりがないようで（当たり前なのだが）、いったいどっちへ先に挨拶してよいものかと躊躇する気配をみせた。

かまわず遠藤周作が大声でくりかえした。

「イケダ先生、どうぞこちらへ」

イケダさんも樹座の役者である。どちらかというと迷優にちかいが、度胸だけはすわっている。突然胸をはると、いかにも重々しい口調で、

「ああ、遠藤クン。君もそこに坐りたまえ」

と言ったのである。

女将がぼくらのうちの一人に近づき、小声でたずねた。

「あちらは遠藤周作先生ですよね。失礼ですが、あの隣の方はどなたでしょう」

「あ、あれはイケダ先生。高名な詩人です」

答えたのはコギさんである。イケダさんより一回り近く若いが、こちらは樹座の歴とした名優だった。すぐに機転をきかせて、重々しく応じた。

「私はイケダ先生の門弟です。女将さんは先生をご存じないですか。大日本詩人全集の第八十八巻に載っています」

いい加減なことを言った。

むこうではイケダさんが上座におさまり、

「遠藤クン、まあ君も一杯やりたまえ」

とすっかり調子にのっている。

遠藤周作もそれに合わせて、正座して盃を両手に持ち、恭しく差しだして言う。

「ちょうだいします。では、イケダ先生もどうぞ」

こうしてイケダさんは人生で初めて先生と呼ばれ、料理屋の女将の尊敬の眼差しと、下にも置かぬもてなしを受けたのである。

食事が終った頃、女将がふたたびあらわれた。手に二枚の色紙を持っている。それをまず、女将は下座の先生に差しだした。それからおずおずと、もう一人の上座の先生にも。

間髪をいれずイケダさんが弟子に言った。

「コギ君、ぼくは書かないよ。色紙は」

あわててコギさんが女将に弁明する。

「すみません。じつはいま先生は書痙《しょけい》を病んでおりまして、筆が持てないのです。なにとぞ、ひらにご容赦を」

それを聞きながら、ホンモノの先生のほうはぼくの横で笑いだすのを懸命にこらえていた。その小刻みな震えが座布団を通して伝わってくると、ぼくはもう可笑しくてたまらなくなり、それを堪えるために何度も無理な咳払いをした。

ところが帰りぎわ、女将がこんどは二つの大きな風呂敷包みを二人の先生のもとへ運んできた。

「こんなものですが、どうぞお土産にお持ちください」

イケダ先生が困惑しつつも嬉しそうに受け取っているのを見て、遠藤周作がぼくらを玄関先の柱の蔭に呼んで言った。

「土産までもらうのは、ちょっとまずいぞ。なんだか詐欺でも働いとる感じだ」

するとコギさんが耳打ちした。

「いいんです。じつは私がお金を払って、さっき女将に頼んだのです。いちばん大きな包みで、いちばんツマラない物を用意してください、って」

そうとは知らぬイケダさんは、女将から土産まで献上されて上機嫌で玄関先でタバコをくゆらせ、悠然と星空を見上げていた。


夕映えを愉しんでみてはいかがだろう、と言ったのにはじつは以上のようなことが伏線としてあったのである。つまり、イケダさんの〈先生〉と呼ばれる夢を、さらに本格的にかなえてやろうという親心でもあった。

「それはありがたいことです」とイケダさんは言った。「しかし、愉しむといっても、何をすればいいのでしょうか」

「どうです、本物の詩人になるというのは」

「本物の?」

「詩集を出してみませんか」

「詩集!」とイケダさんは絶句した。「そんなもの、私には書けませんよ」

「およばずながら力になります。詩集のタイトルは、『夕映え』。そうしてですね、イケダさんの詩の朗読会を華々しくやりましょう。ヴェールを脱いだ幻の詩人、と題して」

イケダさんの頬が徐々に紅潮するのをぼくらは見た。やがて、

「やります。詩集を出します」

と言ったときにはもうすっかりその気になっているようだった。

「ところで詩の内容ですが」とイケダさんが言う。「亡き妻を偲んで、というのはダメでしょうか。妻に先立たれて孤独になった男に、やがて訪れる夕映え——昔から憧れていたんですが」

しかし、イケダさんの奥さんが健在なのは誰もが知っていた。

「いや、女房のことなら心配いりません。ぼくの夕映えのためなら喜んで協力……とまではいかなくても、けっして反対はしないでしょう」

こうして第一回の「夕映えの会」は実行に移された。ぼくの家へは毎夜のように遠藤周作から電話がかかってきた。妙案を思いつくと、いても立ってもいられなくなるのである。そ

して実際、それらの案はなんとも珍妙なものばかりであった。

二ヵ月後、新宿の「モーツァルト・サロン」に三十名を越す招待客が集まった。

『夕映え』出版記念・詩と音楽の夕べ――。

自費出版で作った詩集はすでにできあがっていた。ハード・カバーの表紙に、『夕映え』という金文字が浮く。落葉の色をしたカバーには出版社名と定価もつけられ、自費出版という痕跡はすっかり消えている。本の厚さに少々問題はあったが、誰が見ても上等で美しい、プロの本格的な詩集だった。

本のオビには、

「ヴェールをぬいだ幻の詩人」

という大きな文字が見えた。そして、作家遠藤周作による推薦文も添えられていたのである。

〈私の長年の知己イケダ氏は、いわゆる文壇や詩壇を離れ、ミュゾット城のリルケの如く、氷のような孤独のうちに精進されていることは、ひそかに承知していた。五年前、夫人の逝去後、氏の詩魂はますます磨かれ、時折語られる詩論の鋭さに私は茫然自失、驚愕沈黙することがあった。このたび門弟の方たちと詩集を編まれると聞き、我々知友欣喜雀躍し

てその上梓を待つのである〉

ぼくらは会場に低い舞台を作り、そこに黒のグランド・ピアノを置いた。そしてピアノの上には、黒いリボンをかけた今は亡き妻の遺影を飾った。もちろん、本物の奥さんの写真ではない。知り合いの医学部に通う女子学生にモデルになってもらい、カメラマンに頼んで少しばかり古ぼけた感じの写真に仕上げてもらったものである。

そのモデルとなった女子学生は、この日、サングラスをかけて会場の隅に来ていたが、ブラックタイ姿の遠藤周作もやはり黒いサングラスをかけて、客席のいちばん後方、出口にもっとも近い席に坐っていた。

そしてこの日の主役であるイケダさんは、開場の一時間前に本物の奥さんに、「あなた頑張ってね」という激励と共に車で送られ、いまは楽屋で念入りに顔へドーランを塗りつけていた。

第一部は、詩の朗読。

司会役を担当したのは、仲間の一人であるコウノさんである。いちばんの年長で、樹座ファミリークラブの会長さんなのだが、本業とするインテリア会社の社長であると同時に、司会のプロでもあった。かつては藤山一郎のリサイタルの司会も長年つとめたし、ラジオの音楽番組も受け持ったことがある。樹座はとにかく〈役者〉にはこと欠かない。

やがてコウノさんの澄んだ声が会場に流れた。すべて台本どおりである。

「まず、イケダ先生の亡き奥さまを偲び、全員で黙禱をささげたいと思います。みなさまお立ちください」

招待客たちの視線が、ピアノの上の遺影にそそがれる。そして眼を閉じ、一分間の黙禱。

ざわめきが会場の床にひらひらと落ちて消え、長い静寂が客席をみたした。いっとき、どこかでクックックッという短い声がしたが、それは誰かのすすり泣きのようにも思えた。

黙禱が終った。

突然、司会者の声の調子が変わる。

「あーりがとうございました。あーりがとうございました」

それはまるで見せ物小屋の出口で、芝居を観終った客たちに木戸番の男がくりかえす、派手な抑揚をつけた挨拶の台詞そっくりだった。あるいは、パチンコ屋の営業終了時にマイクから流れる騒々しい口調に似ていた。

客は一瞬、怪訝な感じにとらえられた。

今の安っぽく騒々しい口調はなんだろう……。

そう思ったものの、イケダさんの亡き妻への黙禱のあとでは笑うわけにもいかず、キツネにつままれたような感じでみな席に腰をおろした。

やがてイケダさんの朗読がはじまった。

舞台にあらわれた〈ミュゾット城のリルケ〉は、まず、二ヵ月まえから伸ばした髪を額にはらりと垂らし、それからおもむろに指で掻きあげた。しかし、うまく髪が指にかからなかった。もう一度やりなおし、こんどはどうにか成功すると、もったいぶった様子で椅子のうえで脚を組み、なんども朗読を練習した巻頭の詩を読みはじめた。

しかし、なんども練習したにもかかわらず、朗読はどこかぎごちなかった。無理もない。それはたしかにイケダさんの詩集に入った一篇だったが、詩集出版に力をかすと約束した小説家が責任上、速成で書きあげた一篇だったのである。

「妻をしのびて」

イケダさんは読みはじめた。そして幸か不幸か、そのどこかぎごちない読み方が、かえって聴衆の心を打つことになった。

「妻よ、
君は腸チビスで世を去った。
あれから私の毎日は、
一日、仕事をして、
夜になると、
見知らぬ人と碁をうち、

一人で食事をして、
一人で空の家に戻る。
ただいま、
と私はいう。
まるで君が家にいるように。
くたびれたよ、
と私はいう。
まるで君がいたわってくれるように。
そして小さな赤い蠟燭に火をつけ、
グラス二つを並べて葡萄酒を味わう。
まるで君がそばで微笑んでいるように。
妻よ、
それが私の毎日、
老いた詩人の生活だ」

ピアノの上の遺影がライトを浴びていた。
詩の冒頭、

「妻よ、君は腸チビスで世を去った」
という一節に遠藤周作が張りめぐらしておいた、イタズラでありますという伏線は、残念ながら客席をおおった感動のかげに消えた。会場のあちこちからのすすり泣く声を聞いたのはぼくだけではない。中年の女性客の何人かはハンカチを眼にあて、そのうちの一人は肩を大きく揺すって嗚咽をこらえていた。

拍手が起こったのは、何秒かしてからである。詩人は立ち上がり、もういちど指で額の髪を掻きあげ、ふかぶかと頭をさげた。心なしか詩人の眼も光ってみえた。ドーランの下の頬も、わずかに紅潮して慄えていた。

つづいて舞台では、ひとつの式典がはじまる。イケダさんの詩集に「全日本詩人大賞」が贈られるのである。

表彰状が朗読された。表彰状は二つ折りになっていて、外側には豪華な布製のカバーがかかっていた。客席からその内側は見えない。じつは中身は、きのうぼくが遠藤周作の指示で或る中華飯店からもらってきた、二つ折りの料理メニューだった。もちろん「全日本詩人大賞」など世の中には存在しない。

やがて大きな拍手のなか、詩人が賞状を手に舞台を去って楽屋へ消えたとき、ぼくは明るくなった客席の後方に眼をむけた。遺影のモデルをしてくれたサングラスの女子学生が、何か悪いことでもしたかのように肩を縮め、顔を伏せていた。しかしその横にいるはずの、ブラックタイ姿の遠藤周作がいない。ぼくは会場中をあわてて見まわした。だが、どこにも見あたらなかった。

「なんだか急に、我慢できんようになってしもうて」

と五分後、楽屋で遠藤周作はみんなに弁解していた。

「あの場にそのままいたら、せっかくの雰囲気をぶち壊してしまうと思ってさ。イケダさんの、あの髪を掻きあげるぶきっちょな手つきを見たときから、もう我慢できなくなった。だから廊下へ出て、一人で笑っていたんだ」

まだ可笑しいのか、眼には薄く涙さえ浮かべて体を揺すりつづける。

ぼくはそのとき思いだした。

「そうか、さっきのクックックッというすすり泣くような声は……」

「すまん。どうにも笑うのを我慢できんようになってしもうた。それで外へ飛びだしたから、そのあとのことは見ていない。どうだった、客席の様子は」

「みんな泣いていましたよ」

とコギさんが言う。弟子役に徹したコギさんは、パンク風に鳥の巣のようなカツラをかぶっている。

「一人が泣くと、隣の女の子までが泣きだして、それが伝染していくんです」

その説明に、司会をしたコウノさんがうなずいて言う。

「いやあ、まいりました。みんなハンカチを手にしていて。なかには大きな音でチーンと鼻をかんでたオバさまもいた」

「ありゃあ……。でもコウノさんのあの台詞はよかったなあ。あーりがとうございました、あーりがとうございました、は」

「何ですか。あれは先生がやれとおっしゃったから……。黙禱のあとの、じつに神聖な雰囲気のなかで、あれを言うのは正直いって勇気がいりましたよ。ですから、もうヤケっぱちで」

そういうコウノさんの額に汗が浮いている。そのコウノさんの真剣な顔を見ながら遠藤周作はまだ笑いつづけていた。

やがて第二部の開幕のブザーが鳴って、ぼくらは楽屋をあとにした。すると客席へ行く廊下で遠藤周作が言った。

「みんなウソでした、とは言えなくなってしまったな。どうしよう」

「ここでバラしたら、お客はみんな怒りだしますよ。もう手遅れです。このままにするしかないでしょう」

「困ったな。恨まれるのはイヤだなあ」

「大丈夫です。だってそのために第二部を用意したんですから」

「そうだよな、そうだ」

と自分を納得させるように二度、うなずいた。騙したお詫びに、第二部ではプロの声楽家の歌をこころゆくまで愉しんでもらおう、というのがぼくらのかけた「保険」だったのである。

その夜、帰りの車に乗っても、遠藤周作の思いだし笑いは止まらなかった。

「本当によく笑ったなあ、こんなに笑ったのは久しぶりだ」

まだ体が揺れているさまが助手席から伝わってくる。一つ一つの光景をなぞり、嚙みしめ、愉しんでいる。

しかし車が四谷をすぎて信濃町の駅前にきたとき、その揺れが不意におさまり、見ると助手席の顔が駅とは反対側の建物のほうにじっと向けられていた。駅前には大学病院がある。車のスピードを緩めたとき、

「停めてくれるか」

と言う声が聞こえて、ぼくは車を端に寄せた。

夜の舗道に降りたった遠藤周作は、車道越しにしばらくのあいだ病院の建物を見ていた。コートのポケットに手をつっこみ、春先の冷えた夜気のなかに身を縮めるようにして、じっと動かなかった。その視線の先には病棟の黒い輪郭がある。時間が遅いせいで、洩れてくる明かりはほとんどなかった。点いているのは、おそらく入院患者以外の部屋なのだろう。遠

藤周作は最後に小さく身ぶるいすると、前屈みになって車にもどってきた。その間、一分と経っていなかった。そして座席につくと、しばらく黙りこんでいた。

何を考えているのか、ぼくにも少しは想像できた。そこは遠藤周作が三十代の終りに長い入院生活を送った場所だった。ちょうど小説家として本格的な仕事をしようとしていた矢先、結核が再発して三度の手術をうけ、死ぬことさえ覚悟した。病室で九官鳥を飼い、しかし手術後の苦しくつらい時間がすぎたとき、その九官鳥は死んでいて、小説家は生還した。

黒く塗りつぶされた病室の窓のむこうに何を見ていたのか、分からない。しかし、黒い窓のむこうには間違いなく、いまも入院中の人がいるのだった。あるいは、その彼らへ思いを重ねている……イタズラに笑いころげたさっきまでの顔とは違う遠藤周作が、いま助手席で黙りこんでいることにぼくは緊張せざるをえなかった。

車が外苑の通りに入り、周回するようにして青山通りに出たときだった。

「そうか、コウノさんだなあ」

ぼくは思わず助手席を見た。

「いや、コウノさんは何歳になった」

何のことか分からない。が、とりあえず答えた。

「あと二、三年で還暦のはずです」

「そうか、ちょうどいいな」

遠藤周作がニタリとした。

「じつは、いま考えていたところや。来週、たしか俺は名取裕子さんと雑誌の対談をするやろ」

いったい何を考えているのか。

「よしよし、ヴェニスのゴンドラ作戦でいこう」

じつはそれは、次なる夕映え作戦の開始を告げるヒト声だったが、先程の光景にばかり気をとられていたぼくはまたしても不意をつかれて返す言葉もなく、ただ黙って青山通りを走りきるしかなかった。

それからほぼ一年後、コウノさんは数々の試練をのりこえたあげく――そのなかには、夜の洗足池でボートに乗ったコウノさんが得意のヴァイオリンでオ・ソレ・ミオを奏でながら、池のふちにいる女優名取裕子さんに近づいていくという「ヴェニスのゴンドラ作戦」もふくまれていたが、その甲斐あって憧れの名取裕子嬢の絶大なる信頼と友情とをかちとっていつしか本物の後援会長になり、やがて名取さんがラジオのレギュラー番組でコウノさんのことを嬉しそうに楽しそうに報告しているのをぼくらは耳にするのである。

こうして二人の夕映え作戦は成功した。

「まあ、あとの三人は夕映えにはまだ早いからな」

と遠藤周作は言った。

あとの三人とは、コギさんとぼくと、言い忘れたが遠藤周作を含めたぼくら全員が「オカアサン」と呼んでいた気配りにあふれたグラマラスな美人のことだが、この三人はたしかに人生の夕映えにはまだ少しだけ早かった。

そして夕映え作戦が一段落した秋の日、突然、つぎのように言われたことを忘れることができない。

「加藤なあ、おれはもしかすると人工透析を受けることになるかもしらん。腎臓が、アカンのや」

それはまさに青天の霹靂だった。きのうまで一緒に呑んで騒いでいた人間が人工透析を必要とするほど腎臓を悪化させていたなどと、いったい誰に信じられただろう。しかし、それから一ヵ月もたたない日、

「誰にも言うな、見舞いにもくるな」

と強い言葉をのこして遠藤周作は闘病生活へと入っていったのである。

……没後に発見された日記を、いまぼくらは読むことができる。

〈**十月二十一日**　どういう状態で、どういう苦しさで死ぬかを想像する。人々は私の体を見たら、よくこの体で働いた、と思うだろう。頑張ったことは確かだ。

十月二十二日　毎日みじめでならない。一身多病を背負い、人生のなかで壁にぶつかり、

七十歳という老齢では情けない事おびただしい。こういう心理では格好のいい人生を送ることができないのはよくわかるのだが、生れつきの弱さで如何ともしがたい。自分でも醜いと思う。

妻、一日外出。今日が最後の邦楽の舞台という。彼女の人生にも巻きぞえをくらわせて可哀相でならない。私が丈夫だったら妻はもっと楽な人生を送れたろうに。

十月二十三日　いよいよ明日から入院だ。

十月二十四日　午後、入院。記念病棟の五階の病室。暗澹たり〉

（『深い河』創作日記』）

第二章　鬼編集長とダメな部下たち

イスラエルの旅にて

そもそもの始まりは、新宿の紀伊國屋書店の五階にあった「三田文学」編集室だった。

昭和四十二年。

その頃、ぼくは友人と二人で雑誌「三田文学」の走り使いをしていた。大学最後の年度をむかえ、ゼミの授業以外にはこれといった用事もなかったし、他の学生のように就職への準備活動をする意欲もなく、退屈しのぎに週に何回か「三田文学」編集部を訪ねていたのである。

ぼくらは二人とも文学部の学生ではなかった。友人は法学部で、ぼくは経済学部。二人に共通していたのは、高校が同じ慶應高校だったことと、多少は本を読んでいたこと、そして学業がうまくいかないということ。ぼくの大学三年までの成績表にはAが三つしかなかった。それはおそらくクラスでも最低であった。しかもその三つのAは、ぼくが体育会のレスリング部に所属していたため授業免除で自動的に付いた体育のAにすぎなかった。その三年間にぼくが出席した総授業数は、わずかに十回。つまりほとんど大学へは行かず、行ったとしても学生食堂で友人と会い、時間がくるとレスリング道場がある「まむし谷」と呼ばれた林の底へ降りていく毎日であった。

だがそのレスリングも、ぼくの戦績は惨めなものだった。新人戦でも練習試合でも、苦しい減量をしてクラスを落としたにもかかわらず、ただの一度も勝てなかった。連敗記録はつづき、毎日の練習で耳が少しずつ潰れ、鼻が曲がって、まもなくぼくはレスリング部からも落伍していた。同時に、Aが三つしかない成績では就職などできるはずもないと、まっとうな未来を半ば諦めていたのである。

それに比べれば、友人のほうはまだよかった。彼はヨット部員で、戦績も学業もぼくほど絶望的ではなかった。ただし、彼は学年末の必修科目の試験時間をまちがえ、進級に必要な単位を取りそこねた。そのためぼくがどうにか四年になったとき、彼はもう一年、同じ学年をかつての下級生たちと共に過ごさねばならなかった。

夏休みが終った頃、友人が言った。

「『三田文学』が再刊されているらしい」

「よし、いっちょう手伝ってみるか」

と早速ぼくらは編集室に押しかけた。

学生は使わないということだったが、走り使いでもいいと食い下がって結局、雑誌発送や校正、ゲラ運びなどを手伝いはじめたのである。

永井荷風の創刊した文芸雑誌「三田文学」は何回かの休刊、復刊を繰りかえしたあと、当時は第七次に入っていて、新宿にあった編集室には担当の二人の男性と、三田の先輩である電話番をかねた専従の女性とがいた。しかしその部屋の借り主は、慶應義塾・塾監局の久保田万太郎全集刊行委員会であり、「三田文学」は机二つだけを与えられてそこに居候している、肩身の狭い存在だった。邪魔にならぬよう、大声を立てぬよう、我がもの顔で振るまわぬようにと、最初のときに編集部の先輩女性から注意を受けていた。それは、何かにつけて調子に乗りがちなぼくらの性向を見抜いた、彼女の慧眼といえた。以来、ぼくらはその先輩女性に頭があがらなくなった。

その頃、「三田文学」の発行部数は八百ほどだったと思う。岡本太郎氏の画を表紙にした、百ページに満たない薄い雑誌で、定価は百五十円。しかし同人雑誌の宿命といおうか、編集室の壁ぎわには返本が山と積まれ、多くは埃をかぶっていた。赤字であることは一目瞭然だった。

秋が深まった頃、ひとつの噂がぼくらの耳に入った。

編集長が交替するという。しかも、新しくやってくるのは、どうやら作家の遠藤周作らしい。

「狐狸庵先生よ」

と先輩女性が言った。

「理事会で決まったらしいわ。来年の一月号から担当するので、もうすぐ編集室にあらわれるでしょうね」

もちろんぼくらも遠藤周作の名は知っていた。前年に出された『沈黙』くらい読んでいたし、『わたしが・棄てた・女』も好きな小説のひとつだった。そして『狐狸庵閑話』の愛読者でもあった。

だが、そのとき我われの頭に浮かんだのはそんなことではなかった。自分たち学生がこれからも手伝いを続けられるのかどうかという、もっと身に迫った現実的な問題であった。

その日、編集室を出て駅にむかいながら、

「オレたちはどうなるのかなあ」

心ぼそい感じでぼくが言うと、友人も、

「新編集長は、自分のスタッフを連れてくるかもしれないからなあ」

と悲観的な口調になった。

秋の終り、我われが待ちうける編集室に、『沈黙』の作家は荒々しくドアを開け、前屈みの姿勢であらわれた。白いハーフコートがベルトできりりと締めあげられていた。思ったより遥かに長身だというのが最初の印象だった。優に百八十センチはあった。

「遠藤周作です。一年間の期限つきで編集長をやる」

声にドスがきいていた。黒ぶち眼鏡の奥で睨みつけるような目が動かない。突然、周囲に緊張した一本の線が張りつめた。

それは我われが予想した出会いの光景ではなかった。じつは、もっと友好的で、にこやかな雰囲気をぼくは想像していたのである。

まずい……とぼくらの背筋が不意にのびた。そして二人同時に、背中へかくし持っていた円筒状の厚紙を思わず握りしめた。それはさっき、新編集長を歓迎するため、模造紙を張りあわせて作った垂れ幕で、そこにはマジックで大きく「歓迎、狐狸庵先生」と書いてあった。編集長があらわれたらそれをパッとかざし、笑顔を誘いだそう……。

しかしそんな幼稚な企みを寄せつけない厳粛な雰囲気が、編集長の黒ぶちの眼鏡とドスのきいた声にはあったのである。

「低迷する『三田文学』にカンフル剤をうて、というのが先輩たちからの命令だ。君たち、手伝いをやってくれるか」

ぼくも友人も直立し、肘で相手の脇腹を突きあって模造紙を背中で握りつぶした。それからかぼそい声で、

「はい」

と答えるのが精一杯だった。

しかし密かに喜びいさんだ反面で、走り使いしかしていなかった自分たちにそんな役目がつとまるのかと、大いに不安な感じになったのも事実である。

編集長はだが次の瞬間にはもう具体的な指示に入っていた。

「来年の一月号だから、時間があまりない。まず、慶應の校内に貼り紙をだしてほしい。学生を集めたい」

「はい」

「それから同人雑誌をできるだけ集めて、これはと思う作品を教えてくれんか。読んで、良いと思えば作者に会って話をする。毎週月曜日、おれは必ずここへ来るから」

さらに編集長は次々と宿題をだした。学生に人気のある日本の現代作家のリストを作ること、特集プランを一人五コずつ考えてくること、費用節約のため表紙は一年間おなじデザイン（ただし二色刷りで、色だけは毎号変える）で通すが、その案を数種類用意しておくこと……などなど。

そして最後に編集長は言った。

「学生たちの溜り場になるような喫茶店がほしいな。そこへ行けば、いつも誰かがいるというふうにしたい。場所は、編集室と大学の中間くらいがいいだろう。ただし……できるだけ可愛い女の子のいるところがええな」

最後の口調だけがとくに関西風だった。だがそのときも編集長はニコリともせず、睨みす

えるようにこっちを見つめて指示を終えると、

「では、次の月曜や」

言うが早いか、白いコートのベルトを締めなおし、荒い扉の音を残して姿を消していた。

その間、十分とはたっていなかった。


その日から、ぼくはもう大学へはほとんど行かなくなった。ぼくにとっての〈教室〉は「三田文学」の編集室となり、〈先生〉は遠藤周作となった。

「『三田文学』は三越デパートにはなれんのや」

最初の編集会議の日、編集長の口調はあきらかに先日とは変わっていた。

「あれもこれもあります、という商売では三越デパートには勝てん。こっちは専門店でいくのや。目次の本数は少なくてええ。そのかわり三越デパートにはできん売り方をする」

こんなふうに、話はたいてい喩えからはじまった。三越デパートと専門店……とぼくらはつぶやき、頷いてみたが、その意味するところをもちろん充分に理解していたわけではなかった。

編集長はこうも言った。

「ええか、『三田文学』は軽戦車や。商業文芸誌を重戦車とすれば、『三田文学』は軽戦車といえる。重戦車のマネをしようとしても、できるわけはない。そのかわり、こっちは小回りがきくナ。重戦車にはできんことが、軽戦車ならできるナ。そこをよく考えてプランを立てなあかんぞ」

軽戦車、小回り、と考えてみたが、一向にわからない。せっかくのヒントをもらっても、それを活かすことができない。なんだろう、商業誌にはできないが「三田文学」なら可能だというプランとは。

しかし、それは翌週の会議で明らかになった。

「たとえば新聞・雑誌に載っている文芸時評だ。もしだな、文芸時評なんてくだらん、そんなもの意味がない、と言う人が出てきたらどうや。これは話題になるやろう」

なるほど、とぼくらは唸った。文芸時評を疑うことなど考えてもみなかった。……しかし、いったい誰がそれを主張してくれるのだろう。

編集長はすかさず言った。

「かりに若い学生がそれを主張したところで相手にされんわな。やっぱり既成の作家でなくちゃいかん。しかし既成作家に『三田文学』が原稿を書いてくださいと頼んでも、それはムリな話や。第一そんな原稿料など、こっちにはないしさ。だけど、それについて三十分だけ話してくださいとお願いすれば、もしかすると、引き受けてくれるかもしれんぞ」

翌週、ぼくらはテープレコーダーを持って、一人の作家を訪ねていた。『暗い絵』や『真空地帯』で知られる野間宏氏――ぼくらに巨象のような印象をあたえていたあの純文学作家である。もちろん、野間氏の承諾は事前に編集長が取っておいてくれた。

たしかに、これは「三田文学」しかできない企画だった。新聞や商業誌は、現実に文芸時評を載せている。自分で載せておきながらそれを批判することはできない。

——軽戦車なら小回りがきく、軽戦車にしかできない戦法がある。

そう言った編集長の言葉をぼくらはようやくわかりかけていた。

ただし、編集長は次のように補足するのを忘れなかった。

「文芸時評批判というプランには、ジャーナリスティックな話題性はあるが、文学の本質をつく問題はない。『三田文学』はジャーナリスティックな事柄を追いかけるのが本分ではない。本分はあくまで、新人の発掘と育成なのだ。それが新しい文学運動の母体となるようであれば理想といえる。しかし残念ながら、新人の作品だけを掲載しても、おそらく誰も読んではくれんだろう。だから話題性にあふれた既成作家の原稿で読者を誘い、そのついでに新人の作品を読んでもらう」

つまりこれが編集長の基本戦略だった。

この戦略にそって、やがて雑誌の柱となる特集記事が決定した。ぼくらが提出した「学生たちに人気のある現代作家リスト」に目を通した編集長は、そこから何人かの作家を選びだした。そして新しいプランを発表した。

「特集・私の文学を語る」——。

作家自身へのインタヴューを巻頭に置き、そこへ若手による作家論をつける。作家論の書き手は、編集長がじかに面接したうえで、みずから原稿を依頼した。

残るは小説である。

「同人雑誌のなかにキラリと光る作品はあったか」

と編集長は言った。

選びだしておいたいくつかの作品を提示すると、編集長はそれを紙袋に詰め、翌週そのなかの一篇を取り出して言った。

「よし、この人に決めよう。小説を頼んでおいてくれ。ただし、短篇を二つ書いてもらいたい」

「二つですか」

「そうだ。おなじ人の二つの作品をいっぺんに載せる。一つより二つのほうがインパクトが強いやろう。〈誰々の二作品〉と目次に大きく刷りこむぞ」

それもぼくらの常識をはるかに越えた、感嘆すべきアイディアだった。

一方、宣伝の甲斐あって、編集部には学生たちが集まりはじめていた。みな遠藤文学のファンで、「遠藤周作にひと目会いたい」というのも多かったが、とくに月曜日の編集室は学生たちでいっぱいになった。だが、実際に仕事を手伝ってくれるかどうかという話になると、

「週に一度なら」

などと逃げ腰になった。

「それじゃあ困るんだよね。戦力としては頼りにしにくいからね」

とぼくらは先輩カゼを吹かせたが、それでも数人の学生たちが仲間に加わることになった。ほとんど文学部以外の学生なのが不思議だった。派手なネクタイをしめた遊び人風の学生や、愛想と調子だけはひどくいい学生、そして当時では珍しいとびきり短いスカートをはいた茶髪の女子学生も混じっていた。

「いかにも文学青年というタイプがおるやろう。ああいうのは苦手だ」

と編集長はみんなを前にして言った。

「青白くて、髪を額にハラリと垂らして、いかにも人生の苦悩を一身に背負ったという感じのヤツがおるやないか。ああいうのは俺は好かん」

もっともそれは、編集部に顔をそろえたぼくらを見た編集長が、自分と、学生たちの両方を励ますために口にした言葉かもしれなかった。要するにぼくらはそれほど文学に縁遠い顔をした若者たちだった。そして、いつも失敗ばかりしていた。

あるときの編集会議で、荒正人氏に原稿を依頼することが決定した。荒氏は、かつて埴谷雄高氏らと雑誌「近代文学」を創刊し、「政治と文学論争」も展開した評論家である。ぼくらのうちの一人が担当者に決まり、彼はさっそく行動を開始した。ところが彼は勇敢にも、何の前ぶれもなく、荒邸の門をたたいたのである。

「『三田文学』の者です。原稿を書いていただけないでしょうか」

玄関に出てきた荒氏は、いかにも学生といった風体の編集部員を見て、諭すように言った。

「あなたね、原稿の依頼にくるときには、前から電話をするものです」

それを聞いて彼は失態に気づいた。

「失礼しました！」

頭を下げたまま玄関を飛び出すと、あわててあたりを見渡した。ちょうど荒邸のすぐ近くに赤い公衆電話が見えた。そこへ一目散に駆けよると、彼はいま走り出てきた荒邸へ電話をかけたのである。電話には荒氏が出た。

「『三田文学』の者です。先ほどは失礼しました。いま、前から電話をしています」

荒氏は一瞬、何のことかわからなかった。しかし、ややあって気づいた。「前から」と言った自分の言葉を、相手が取り違えていることを。

その報告をうけた編集長は、困ったような、情けなそうな顔をした。それから、こみあげてくる笑いを懸命に抑えようとした。

「まったく、お前さんたちは」

そこまで言ったものの、噴きだした笑いで後は言葉にならなかった。

しかし、瓢箪から駒といおうか、彼の失態はその後、荒氏の原稿承諾という快挙を引き出したのである。「現代人にとって宗教は必要か／荒正人」は、半年後の「三田文学」に掲載された。

のちに、編集長と仲のいい北杜夫さんが、こんなふうに言ったのをぼくは憶えている。

「遠藤さん、三島由紀夫さんの『楯の会』にはしっかりして、しかも凜々しい、カッコのいい若者ばかりが集まっていますけど、どうして遠藤さんのところには、ヘンテコリンな学生たちばかり集まるのですか」

それは編集長に連れていってもらった夏の軽井沢で聞いた言葉なのだが、たしかにぼくらは総じて、はたから見ても立派な若者とは言えなかった。そして、そういう学生たちをなぜ編集長が集め、許し、以後も付きあってくれたのか——それを知るまでに、まだぼくにはさらに一年という歳月が必要であった。


「表紙のプランはできたか」

と例によってドアをたたきつけるように押し開けて入ってきた編集長がコートも脱がずに、怖い顔で言う。

ぼくらは困って顔を見合わせるだけで、返事ができない。いろいろ案は出しあってみたものの、素人の悲しさといおうか、一つとして具体的な形にならない。ほかの作業にも追われて、つい一日のばしにになっていた。

「できとらんのか」

「いま……考えているところです」

するとと編集長は突然、怒りを爆発させた。

「何をぐずぐずしとるのや。一月号までもう時間がないんだ。やる気がないのなら、やめちまえ!」

「すいません」

「俺だって考えたんだ。見てみろ」

編集長はコートのポケットから皺だらけになった紙を取り出して、机のうえに放りだした。ぼくらは恐る恐る覗きこんだ。鉛筆で「三田文学」という題字が書かれ、まわりは黒く塗りつぶしてある。左すみに、目次から選んだ二本のタイトルが並んでいた。どうやら黒一色の表紙に白ヌキの文字を浮かす構想らしかった。これならたしかに費用はかからない。

ところが突然、ぼくらのなかのミニスカートの女子学生が言った。

「先生、これはダメですね、ダメです」

「なんでや」

と編集長の顔色が変わった。

「だって、黒い印刷は色ムラが……」

説明しかけた女子学生の言葉は、編集長の張りあげたダミ声でかき消された。

「大体やな、自分は考えもせずに、ひとの案を否定するとはナニゴトや。否定するなら、お前さんの案も出せ。あれからいったい何日経ったと思っとる。全員、やめちまえ！」

あまりの剣幕に女子学生もぼくらも黙ってうつむいた。

「やめちまえ、やめちまえ」

編集長はなおも怒鳴りながら、いま放り出した表紙のデザインを乱暴につかみ、ポケットにねじこんだ。

気まずい沈黙が何秒かつづいた。

困ったなあ、とぼくらは泣きたい気分になった。誰かが、女子学生のほうを忌ま忌ましそうに睨んでいた。圧倒的に自分たちのほうがワルいとは、みんなわかっていた。だがそれを口に出して詫びるには、あまりにその場の雰囲気は重苦しすぎた。

口を開いたのは、編集長だった。

「俺は、ブキゲンや。ブキゲンなんや」

ぼくは怪訝な感じで仲間の顔を見上げた。するとさっきの女子学生と眼があった。何かを言いかけそうになっている。ぼくは慌てて眼で彼女を制した。ダメだ、言ったらいけない……。

しかし、あれは何だったのだろう。

不思議なことに、編集長のあの一言でぼくは重苦しい気分から少しだけ解放されたのだった。フキゲンをブキゲンと言ったのは、たしかに編集長の間違いである。小説家ともあろうものが、と生意気にもぼくらは思ったものだ。しかし、もしかするとあれはその場の重苦しさを取りはらおうとした遠藤周作の無意識がなした間違いではなかったかと、いまになって思うことがある。

そういえば、こんなこともあった。

一月号の編集作業が進み、校了をむかえた夜。すべてが終った頃、印刷所の暗く狭い校正室に編集長は突然あらわれた。ごくろうさんとぼくらを労《ねぎら》い、それからこう言った。

「疲れたろうが、明日はさっそくやってもらいたいことがある。都内の各大学に手分けして行ってくれんか。掲示板に、ポスターを貼ってほしい。雑誌の宣伝のポスターや。一月号の目次を大きく書いてな。とにかく、めざすは完売や。完売めざして、もうヒト踏んばり頼む」

だが、編集長はここでも言い間違えた。カンバイをカンパイと言ったのである。

カンパイや、カンパイめざしてもうヒト踏んばり……。

それはぼくのなかに、やがて訪れる一つの光景を思い浮かばせた。言うまでもなく、雑誌が完売となり、凱歌を奏して編集長と乾杯しているぼくら自身の姿である。

その晩、しかし編集長はヒト足はやくぼくらを酒場に連れていってくれた。そのとき編集長は昼間の怖い遠藤周作ではなく、もう一人の遠藤周作となり、たとえばウンコの話でぼくらを笑わせ、酔ったダミ声で怒鳴るように歌をうたった。

「アメリカでいま、いちばん流行っている『モンキー・ドライバーズ』を歌おう。なに、知らんのか。若いくせにダメやなあ」

と編集長はわめくように歌いだす。

「エーッサ、エーッサ、エッサホイのサッサ、お猿の駕籠屋だ……」

歌い終ると編集長は、まだ笑い転げているぼくらにむかって、

「ええか、完売だぞ、完売や」

と杯をあげた。

その夜はおそくまで飲んだ。おでん屋から居酒屋にうつり、最後にはぼくらが当時流行の絨毯バーに案内した。もちろん編集長のオゴリだった。ウィスキーを一本取ってくれると、独り言のように、

「おもろい店やな、また来よう」

とウィスキーがまだ大分のこった壜に自分の名前を書きこんでいた。

ぼくらはあくる日、編集長から言われたとおり、書き上げたポスターを抱えて都内の大学をまわった。貼りだすにはもちろん許可が必要だったが、ぼくらはその手続きを省いた。要領がいいことだけはぼくらの自慢である。校内の掲示板に無断でポスターを貼りつけ、十箇所ほどの大学をまわり終ると、すでに夕暮れになっていた。そのとき、誰から誘うともなく、昨日の絨毯バーに行って飲もうということになったのである。

「かまわないよなあ。あのウィスキーを飲んじゃってもさ」

ぼくらは昨日のバーで靴を脱ぎ、気炎をあげ、やがて何時間かした帰りぎわ、ウィスキーの壜がカラになったことに気づいて顔を見あわせた。

ちょっとまずいか、と感じた次の瞬間、誰もが同じ方策に思いあたったのである。

ちょうど、隣席の客がトイレに立ったところだった。ぼくらはそっと手をのばし、隣客の壜からウィスキーを失敬して編集長の壜に注ぎいれた。それでどうにか編集長への礼儀をもったつもりになっていたのである。

昭和四十二年の暮れ、一月号は完成した。目次は、わずかに四本である。

特集・江藤淳……「私の文学を語る／江藤淳」（インタヴュアー・秋山駿）。この特集には、二人の新人批評家による「江藤淳論」が添えられていた。そしてもう一本の大きな目次は、「文芸時評を否定する／野間宏」。さらに一人の新人の小説が二つ、一挙に掲載されていた。他には石坂洋次郎氏の連載随筆が一本載っていたきりである。

発行の日、ぼくらは新宿の紀伊國屋書店の売場に行って、長い時間そこに立っていた。棚に置かれた「三田文学」はわずかな冊数だが、客が手にとったりすると胸がときめいた。最初に客が買っていったときには、思わず肩をたたきあった。そしてまもなく、ぼくらはその売場に編集長の姿を見つけたのである。編集長もやはり、雑誌を手にする客の様子を少し遠くから眼鏡をひからせて見つめていた。

「三田文学」は売れた。まさに完売だった。

「どの書店にも、もう一冊もありません」

とぼくらが報告したのは発売一週間後である。

「欲しいという人が編集部に直接たずねてきます。でも一冊もありません。どうしましょう、増刷しますか」

こういうとき、編集長はすぐには返事をかえさない。もったいぶったように鼻の頭をつまみ、

「ふーむ、増刷か。どうや、君たちはどう考える」

と聞いてくる。

ぼくは興奮を抑えきれずに言った。

「増刷しましょう。五百部くらいなら、絶対に売れます」

「まあ、そうやろうな」

編集長はじらすように言葉をひきのばし、それからゆっくりとこう言う。

「俺はこう思うのや。増刷もいいが、増刷せずに読者を飢餓状態に追いこむというのも手だぞ。まあ、どっちが得か、考えてみいや」

しかし、どっちを編集長が考えているか、それを読み取るくらいはその頃のぼくらにもす

でにできた。増刷は見送られ、編集部にはあいかわらず雑誌在庫の有無を問い合わせてくる電話が鳴りつづけた。

やがて、新聞の文芸時評に「三田文学」という文字が載っているのをぼくらは見た。野間宏氏の「文芸時評を否定する」が取りあげられ、つづいて二つの江藤淳論にも好意的な論評が加えられていた。

話題性のある既成作家のものを載せ、ついでに新人の作品を読んでもらう——と言った編集長の言葉をぼくらはあらためて思いおこした。それがいま、まんまと成功したのである。

しかしその頃、ぼくらはすでに次の号の校正を終え、三月号、四月号の準備に入っていた。二月号は、〈特集・大江健三郎〉と〈日本文壇を否定する／福田恆存〉。三月号は〈特集・安部公房〉と〈福田恆存氏の「日本文壇を否定する」に答える／小島信夫・柴田錬三郎・安岡章太郎・佐古純一郎〉である。

どの号も完売はつづいた。三月号が出たときには、古本屋の主人が正体をかくして編集部まで買いにくる有様であった。さらにぼくらはある日、「三田文学」の売り切れを聞きつけたラジオ局のインタヴューを受け、またある日には、PR誌「銀座百点」に招かれて編集長を囲んだ座談会にまで出席したのである。

ぼくらは断じて頭脳的な労働をしたわけではなかった。編集長の手足となって、駆けまわっただけだった。それでも、人生のなかで初めて何かを成し遂げたという実感を手にしていた。それは編集長からぼくらへの、いちばん最初の人生のプレゼントであった。

酒を飲んでいるとき、編集長が文学の話をするのを聞いたことがない。

「よく若者たちが声張りあげて文学論を闘わせているのを見る。あれはイヤだな。文学論などやっても意味がない。そんなことをするなら、書くことだ」

そう言われて初めて小説を書いたのは、卒業が間近になった頃である。

経済学部の授業はもう出る必要がなかった。残っているのは卒業論文だけだが、ゼミの教授はぼくが「三田文学」の手伝いをしていることを知ると、なんとも有り難いことを言ってくれた。

「君自身は何か書かないのですか。もし『三田文学』に小説でも評論でも書けば、それを卒論の代わりにしてあげます。だから頑張って書きなさい」

経済学部にはこんな話のわかる教授もいた。西洋経済史の渡辺國廣教授である。

じつは以前から、少しずつ書いていたものがあった。小説とは呼べぬ代物だったが、それがいつのまにか二百枚を越えていた。ぼくはそのなかから、レスリングの夏合宿を題材にした一章を抜きだし、三十枚の小説を仕上げると、それを抱えて編集部へ出かけた。

しかしその日はついに原稿を編集長へ手渡すことはできなかった。読んでもらうことは、それでなくても忙しい編集長の時間を奪うことになる。そう思ってぼくは躊躇したのだが、あるいは理由はもっと別のことだったのかもしれない。つまりぼくは自分の自信のなさや恥じらいや怖れを、相手への気遣いという耳ざわりのいい言葉で誤魔化していたのかもしれなかった。結局、ぼくは原稿を紙袋にしまいこんだまま家に持ち帰った。しかし気持を固めなおして、翌週、ようやく原稿を手渡すことができたのである。

一週間後、他には誰もいない午後の編集室の、いちばん奥まった場所で編集長とむかいあっていた。

「お前さんはこの小説で、おそらく〈暑さ〉を描きたかったんやろう、違うか」

編集長は原稿を指先で小刻みに叩きながら言った。原稿のところどころに濃い鉛筆で傍線が引かれていた。

「しかし、悪いけど、俺は暑さを感じないのや」

ぼくはうつむいた。

「どうしたら暑さが出るか、もういっぺん書き直してみい」

「はい」

「それからな、書き出しの一文字は、漢字ではなく平仮名にするといいんや。そうすると読む者がスッと入れる。もう一つ、難しい言葉は使うな。硬い言いまわしはするな。誰もがわかる易しい文章にしろ」

それはおそらく一分か二分かの時間だったが、話が終ってみるとぼくは腋の下にびっしょりと汗をかいていた。

その日から一週間、原稿をまえに考えつづけた。書き出しは平仮名にとか、難しい言葉は使うなというのは理解できたが、問題は夏の暑さである。暑さをどうしたら描くことができるか。ぎらつく太陽、樹木の葉にあたる光、流れる汗……書いては消し、消しては書いたが、うまくいったとは自分でも思えなかった。

案の定、

「あかんなあ」

と一週間後に編集長は言った。

「ええか、お前さんは太陽とか光とか汗ばっかり書いとる。そんなもんいくら書いても読者は暑さを感じない。じゃあ、何を書けばいいか」

ぼくはまたうつむいた。口のなかが渇いて、舌が上顎に張りついていた。

「カゲや」

突然、編集長は言った。

「カゲを書くのや。陽が強くあたれば、樹木のカゲが地面に落ちる。そのカゲの濃さを書くことによって、読者に暑さを感じさせるのや」

そうか、そうだったのかとぼくは頷いた。影なのだ。太陽や光や汗でなく、問題は影なのだと、編集長が目の前から去ったあとも、ぼくは興奮してその言葉を胸のなかでくりかえしていた。

こうしてぼくが最初に書いた小説は、見事に落第した。しかし何か大きなヒントをもらったという興奮――ちょうど免許皆伝の巻物のなかの重要な一行を垣間見たような興奮をいだいて、大学生活の最後の時間を過ごしたのである。

卒業までに「三田文学」に作品を書くというゼミの教授との約束は、反古になった。ということは、卒論を書かなければならない。ぼくは図書館へ行き、フランス経済史に関する何冊かの原書を借りてきて準備をはじめた。だが、なかなか捗らなかった。

しかし仲間とは有り難いものである。「三田文学」の、例のとびきり短いスカートをはいた茶髪の女子学生が、見兼ねて原書の翻訳を請け負ってくれてぼくは無事、卒論を提出することができた。


遠藤編集による「三田文学」が第五号を数えた春、ぼくは卒業した。就職はあきらめていたものの、卒業間近になってたまたま新聞に出版社の求人広告を見つけ、受けてみたところ合格したのである。出版社といっても医学書を専門とする、まさに「書店」という名がぴったりの小さな会社だった。事実、社屋の一階は専門書だけを集めた本屋になっていた。それでも、とにかくぼくは人並みにサラリーマンとなったのである。遠藤周作は言った。

「ホントはな、ものを書くつもりなら、夕方五時きっかりに仕事が終る銀行なんかのほうがええのや。出版社に勤めると、なまじ活字を扱うからそのぶんだけ満足したような感じになってしまう。俺ならまあ出版社は選ばんけどね。しかし、これからも『三田文学』には顔を出せよ」

最後の言葉だけが救いとなった。

それからの日、ぼくは退勤後には新宿の編集室に顔をだしたが、もはや実働部隊でないことは明白だった。仲間は快く迎え入れてくれたが、こうやって自分は学生生活を離れ、文学とは無縁の平凡な生活に馴れていくのだと覚悟した。

編集長が「三田文学」にやってきてから一年がすぎようとする日、会社の帰りに編集室に寄ったぼくは、机のうえに一枚の原稿用紙が置かれているのを見た。それは編集長から届いたばかりの、鉛筆で書かれた〈編集後記〉であった。

〈一年間の責任で担当したこの編集の仕事も今月号で終る。二月号からは当分、名義の上では私が編集人になるが、しかし実際は、今日までこの編集を手伝ってくれた学生諸君（略）が行なうことになる。この諸君たちのおかげで今まで一年間、私も大過なくやれ、売行きの成績も良かったのであるから、きっと今後もあたらしい計画と新鮮なプランとでこの三田文学を更に良くしてくれるであろう。

古い革袋に新しい酒をもるためには、私のような中古品よりも若い人たちの感覚が必要であろう。来年の三田文学に期待していただきたい。

〈遠藤周作〉

長い時間、ぼくはそれを手にとっていた。何度も読みかえした。

翌月、編集長・遠藤周作は小説家・遠藤周作にもどり、新宿のビルの五階から去っていった。その日、ぼくは会社を早退して編集室に来ていた。新顔の女子学生から花束を贈られた編集長は、

「君たちとはこれからも会えるやろう。まあ、しっかりやってくれ」

という台詞《せりふ》だけを残して、いともあっさりと消えていった。

これからも会える……。そうだろうか、とぼくは自分自身がサラリーマンになったことと合わせて、楽しかった時代に終りが訪れたことをあらためて実感しつつ、エレベーターに消える編集長を見送った。同時に、どこか置いてけぼりを喰わされたような不満が胸にこみあげてきた。

しかし意外なことに、それからひと月も経たない夜、ぼくは自宅で元編集長からの電話を受けたのである。

「来月、書き下ろしの取材でイスラエルに行く。どうや加藤、一緒に行かんか」

それはまさに価千金の誘いだった。

「行きます」

ぼくは後さきも考えずに答えていた。

会社へぼくは一ヵ月間の休暇願いを申請した。乱暴な申し入れであるにもかかわらず、会社は了承してくれた。ただし、その時代ではまだ一ヵ月の長期休暇という例はなく、いったん退職の手続きをとり、休暇終了後に復職するという条件つきでぼくは二月、イスラエルへとむかった。

旅には遠藤夫人が同行した。他に、ぼくの先輩にあたる当時産経新聞をやめたばかりの泉秀樹氏夫妻、「三田文学」の仲間である聖心の女子大生（彼女は通訳も兼ねていた）、そしてぼくの総勢六人。旅行の目的は、書き下ろし作品『死海のほとり』の取材で、全日程は一ヵ月。イエスの足跡をたどるというのがテーマである。しかし遠藤夫妻をのぞけば、みなキリスト教には深い縁もなかった。だから、

「新約聖書だけは読んでおけよ」

と遠藤周作は旅に出る前に言った。

「たった一ヵ月の旅行だが、おそらく一年間の大学の授業に匹敵すると思うのや」

聖書を丹念に読んだのは、そのときが初めてである。ぼくは小学校がカトリック系の暁星だから、黒服を着た神父さんや、十字架や聖堂、御絵《ごえ》やロザリオといったものには馴染んでいたが、その頃教えられたはずのキリスト教は、たとえば古いランドセルのなかに置き忘れ

た教科書のように、取り出して使うこともない、用なしの道具になっていた。ぼくは見事に忘れていた。イエスという人の物語と、荒涼とした大地がつづく新約聖書の舞台を。

遠藤周作はのちにこう書いている。

〈……キリスト教などおれには全く無縁だという三田文学の若い連中たちも、キリストの若いころ、住んでいたナザレから始まって、布教時代のガリラヤ湖をたずね、その一つ一つの出来事を実際の場所でながめ、最後にはあのエルサレムでの死に至るという旅行方法にしたがって歩かせると、皆、懸命に聖書を調べはじめたのでおかしかった〉

（「死海を訪れて」）

あれはたしか旅のなかほど、死海のほとりでのこと。夜、車のタイヤがパンクして、ぼくらは岩石以外には何ひとつない原野のなかに立ち尽くした。見あげると澄んだ夜空に無数の星がある。そのなかの一つが大きく赫《かがや》いていた。

「あの星の下は何処になるのかなあ」

とぼくがつぶやくと、懐中電灯を片手にした遠藤周作は地図を調べ、言った。

「うーむ、ベトレヘムや」

するとぼくのなかに、イエスが生れた晩の、東方の三博士と星に関するベトレヘムのエピソードが浮かんだ。それほど、澄んだ夜空に赫く星は大きく鮮やかだった。

「わかるなあ」

とぼくは思わずさけんだ。

「博士たちが星に導かれて行ったことが」

もしかすると遠藤周作は、キリスト教に無縁な若者がイスラエルという地でイエスの足跡に触れたとき、いったいどんな反応を示すかということを見たかったのではないか、と思うことがある。


〈……「本当なんだなあ。本当だなあ」学生は東方の博士と星の物語を思いだして感にたえたように叫んだ。

イエスがベトレヘムで生まれたことは、事実でないかもしれぬ。星に教えられてそのイエスをベトレヘムまで探しに行った東方の博士たちの物語は勿論、伝説であろう。しかし、人間をきよめる存在を――つまり人生の星を求める博士たちの物語を創らざるをえなかった心のほうが、私には真実である。真実は事実よりもっと高いのだ〉（『イエス巡礼』）

しかしぼくらを誘ってくれた胸の底には、じつはもう一つの理由があったのではないかと、そのうちにぼくは気づいた。

あれは旅の終り。

「聖書はいろいろな読み方ができる」

とイスラエルでの最後の夕食がすんだ食卓で遠藤周作は言った。

「普通はイエスを主人公として読むだろう。しかしちょっと観点を変えれば、十二人の弟子たちを主人公として読むこともできる。そうするとなあ、あの物語は、ダメな弟子たちがその後どのように生きたか、ということを考えさせてくれる」

その晩、ぼくはホテルの自分の部屋にもどると急いで聖書をひらいた。真っ先に読んだのはイエスが捕らえられた夜のことである。やはり、弟子たちは皆、イエスを見棄てて一目散に逃げ去っていた。弟子の一人ペテロは遠く離れてイエスの後を追い、大祭司カヤパの官邸の中庭まで入って、下役たちと一緒に坐って火にあたっていたが、やがて誰かから「おまえも、あのナザレのイエスと一緒にいた」と指さされると、「あんな人は知らない」と三度まで否《いな》んでいた。

ペテロばかりでなく、イエスの弟子たちは総じてダメな人間たちだった。少なくともイエスが死ぬまでは、イエスを本当に理解していたとは思えなかった。

——師の言葉を理解しないダメな男たちの物語。

そう考えたとき、当然のことながらぼくは、ついこの前までの「三田文学」における自分たちの姿を重ねたのである。「どうして遠藤さんのところには、ヘンテコリンな学生たちばかり集まるのですか」という北杜夫さんの言葉も思いだした。

もしかすると……とぼくは思った。ダメな男だからこそ誘われたのではないか。つまりぼくはダメだった学生たちの代表として、このイスラエルに遠藤周作と共にいるのだと。

夜更けのホテルの部屋でぼくは鞄をひらき、持ってきていた別の本をひらいた。調べてみると、ペテロはイエスの死後は伝道に尽くし、晩年はローマに上《のぼ》って皇帝ネロの迫害を受けて殉教していた。ペテロばかりでなく、他の弟子たちもみなイエスの死後は強い立派な人物となっている。

――ダメな弟子たちがその後どのように生きたか、というさっきの言葉を思いだして、ぼくはそのあとを自分でつづけてみた。そう。つまり聖書は、ダメな弟子たちがその後どのようにして強者としてよみがえっていったかという物語なのだ。遠藤流に言えば、弱虫がどうやって強虫になったかという物語なのだ。

そう考えたにもかかわらず、だが、現実のぼくの行動のほうは、なんということか、あいかわらず不ざまで情けなかった。

それはたとえば、ひと足さきに日本へ帰った遠藤周作が、ある女の子に、電話をわざわざかけてくれたときのことだ。

「心配せんでよろしい。加藤は元気にやっとる。これから少しヨーロッパをまわるらしいが、来週には無事で帰ってくるだろう」

すると彼女は言わなくてもいいことを言った。

「はい、二、三日前に手紙が来ました。まだ先生とご一緒のときです。毎日、みんなの通訳でボクはヘトヘトだと書いてありました」

あとになって遠藤周作は呆れはてたようにぼくに言った。

「まったく何ていうやつだ。言葉がわからずウロウロと俺の後ばかり追いかけていたのは、お前さんだったじゃないか。それを、エエ格好しおって」

……ぼくが好きな、こんな遠藤周作の文章がある。

〈私はむかし、こんな短篇を考えたことがある。

イエスには十二人の弟子だけではなく、もう一人、ぐうたらな弟子がいて、彼の名はズボラといい、イエスの尊い話の時は眠ってばかりいるし、イエスが旅する時には一人だけ遅れてしまうし、癇癪もちのペトロなどは、あのズボラなどは放っておきましょうと師に進言するのだった。しかしイエスは笑って、ズボラはズボラゆえにそれでいいのだと答えた。そしていつまでも弟子にした。

その短篇を遂に書かなかったが、私の心にはこのズボラのそのずぼらな姿はいつも存在している〉

（「ズボラ男の話」）

第三章　ナックルボール、夏の軽井沢

吉永小百合さんとともに

ふたたび「三田文学」を手伝いはじめたのは、イスラエルから帰って半年ほど経ってからである。一ヵ月の長期休暇の後いったん復職したぼくは、それから半年だけ勤めてその出版社を辞めた。身勝手な振舞いだが、会社の人びとは笑顔で送り出してくれた。ぼくは新宿のビルの一室へともどり、それからほぼ五年、先輩・後輩たちと「三田文学」の編集を担当した。

しかしいま考えてみると、ぼくらは遠藤編集長が作りあげ、残していった財産で喰いつないでいたにすぎない。遠藤方式による企画を手をかえ品をかえ繰りかえし、思いあまると電話で助けを求めた。

「俺の真似ばかりせんで、自分たちのやりたいことをやれ。尻ぬぐいはしてやるから」

そう言ってよく口にしたのは、たとえばこんな言葉である。

「君たちには、いいオモチャをやったんだ。それでうまく遊べ」

実際、ぼくらは贅沢すぎるオモチャを手にしていた。ただ、その遊び方がよくわからなかった。ときどき自棄《やけ》を起こして、

——そうだ、自分たちのやりたいことをやればいいのだ、

と若い書き手の小説ばかり集めて「創作特集」をやったが、自己満足と一応の評判は得たものの、そんな号に限って売行きはひどく悪かった。

この頃、遠藤周作はもう編集室にあらわれることはなかったが、月に一回の理事会にはたいてい出席した。編集スタッフが学生に毛のはえたような連中ばかりだから、理事会が編集企画案をチェックする。当時よく出席していたのは、慶應仏文科教授の白井浩司氏、講談社の大久保房男氏、劇作家の田中千禾夫氏、紀伊國屋書店の田辺茂一氏、そしてごくたまに石坂洋次郎氏が顔をみせていた。三田文学会長をつとめていた石坂洋次郎氏は、遠藤編集長時代にはぼくら学生を赤坂の高級てんぷら屋に招いてくれたこともあったが、その後は、

「若い人たちで飲んでください」

と年に二回、当時で十万円という金を隠すようにして置いていってくれた。ありがたかったのは無論だが、その気前の良さに、やっぱり三田の先輩作家は違うなあとぼくらは感嘆の思いで見つめたものだった。

「遠藤君、ぼくは訛《なま》りがあるものだからね」

と、ある日の理事会で石坂氏が言ったのを憶えている。

「いつだったか知り合いの人が亡くなって、弔電を打ったところがね。ぼくは、謹んで御母上の御冥福を、と電話で言ったんだが、実際は、チチスンデ……と言っておったんだね。電文がなんと、父死ンデ御母上ノ御冥福ヲ、となっておったんだ」

しかし理事会の日の楽しみは何といっても、終ってから遠藤周作と以前のように酒が飲めることであった。かりに真っすぐエレベーターへ向かおうものなら、

「お帰りなんですか」

とぼくらは追いかけて恨めしそうな声をだした。

すると苦笑しつつも仕方なさそうに、手で「来い」と呼び寄せてくれた。そして遅くまで飲むのである。

一度、銀座のバーにも連れていってもらった。作家たちが集まるので有名なバーで、遠藤周作の編集長時代にそこの店から一ページ広告も取りつけてくれていたのだが、その夜、店内には吉行淳之介氏と安岡章太郎氏の顔が見えた。

「おお、遠藤か」

と吉行氏が言い、安岡氏も場所を移動してきて、三人が同じ一角に席をしめた。

第三の新人が顔を揃えた光景をぼくらは隅の席からなぜか呆れたように眺めていたが、三人はおたがいに話をするわけでもなかった。吉行氏は何人かのホステスに囲まれて、ちょっと危うい女の話をしていた。その横で安岡氏は立ち上がって一人のホステス相手に大声でシ

ャンソンを歌って聞かせていた。そして遠藤周作はといえば、店のママにさかんにウンコの話をし、ときどきぼくらを気遣うように相づちを求めた。

それはいかにも三人の個性を見せつけた贅沢な光景だった。女とシャンソンとウンコ……ぼくは何か重大な昭和文学史の現場に立ちあったような気がして、この光景は忘れまいぞと自分に言い聞かせていた。

銀座にかぎらず、遠藤周作はよく飲んだ。しかもピッチが速かった。当時は四十代の半ばで、ウィスキーもずいぶん飲んだが、日本酒なら「菊正宗」が好きで、一升くらいは平気という感じであった。新宿の編集室の帰りにはよく「秋田」という原民喜の花幻忌会をひらいていたキリタンポの店に行き、二階の座敷でダミ声を張りあげて歌い、ときには茶碗を箸で叩いて歌った。

「いーまは夜中の三時ごろ、デコボコおやじが飛び起きてー、ベンジョと寝ドコをまーちがえてー、あーっというまにネションベン」

そして歌いおわると、

「おい、これを『三田文学』の歌に採用しよう。諸君もベンガクに励みたまえ」

もちろん、勉学ではなく便学であることはぼくらにはわかっていた。ウンコやオシッコの話をするのは、そうすれば猥談《わいだん》をせずに済むからだということもわかっていた。そして飲みおわって勘定を払ってくれる遠藤周作にぼくらが整列して礼を言うと、

「ああ、働ケド働ケド我ガ暮ラシ……」

と大げさに自分の手を見つめ、情けない顔をつくってぼくらを笑いに引きこむ。それは、相手に必要以上の礼を言わせまいとする独特のナックルボールに違いなかった。

〈人生や会話、なにもストレート・ボールばかり投げるんじゃなくて、ナックル・ボールを使うときがあったっていいじゃないか〉

（『わが青春に悔いあり　狐狸庵閑話』）

という文章を読まず、遠藤流ナックルボールを知らずに二十代の初めを過ごしていたとしたら、ぼくは鈍感で単純な人生を送ったかもしれない。遠藤周作に限らず、当時の「三田文学」で出会った先輩たちも、触れあった作家たちも、そんなナックルボールを投げる人たちがじつに多かった。

「群像」の元編集長で、「純文学の鬼と言われた人や」と遠藤周作が教えてくれた大久保房男さんもそんな一人である。ぼくらはたびたびこの大先輩にもご馳走になったが、今でも忘れがたい出来事がある。

「大久保です」

とある日、独特の調子で編集室に電話がかかってきた。大久保の大だけを強く引きのばした言い方には不思議な威圧感があって、それを聞いただけでぼくらは背筋がのびたものだ。

「加藤君、こんどの日曜だが、あいているかな」

「はい」

「じつは頼みたいことがある。まことにすまんが、ちょっと手を貸してもらいたいのだ」

そこまで言うと、めずらしく大久保さんは口籠もるような調子になった。

「ピアノをだな、別の部屋に移したいのだが、カミさんと娘だけで、男手がない。手伝ってはくれんだろうか」

もちろんぼくは承諾した。そんなことで役に立てるならと、日曜日の夕刻、指定の時刻に練馬の家を訪ねた。

ところが玄関にあらわれた大久保さんはぼくを見るなり、

「すまん、すまん。せっかく来てもらったのだが、さっき家内と娘とでピアノを動かしてみたら、意外に簡単にできてしもうた。……まあ、とにかく上がりなさい」

と案内されたのは台所のある食堂である。椅子の一つをすすめられ、ぼくは食卓を前にして腰をおろした。すると、

「この前山に行って、木の芽を取ってきた。これをいま、てんぷらに揚げるところだから、ちょうどいい、食べて行きなさい」

言いながら前掛けを締めはじめた。

「えっ、大久保さんが揚げてくださるんですか」

「ワシは普段は台所になど立たんのじゃ。しかし、てんぷらは自分で揚げないと気がすまない。これだけはちょっとうるさい」

いま思うに、当時の大久保さんはまだ五十歳になっていない。しかし、その口調にも態度にも、周囲の者を縮みあがらせる威圧感と風格があった。昔の四十代の人は偉かったのだと、ぼくは自分を振りかえりつつ、よくそう思う。

それはさておき、純文学の鬼と言われた大先輩が、二十歳そこそこの後輩にてんぷらを揚げてくれる——ぼくは恐縮し弱り果てた。

「こまりました。喉を通りません」

しかし大久保さんは口をへの字に結んだいつもの顔で、火にかけた油の加減をもう見はじめていた。

それは、いままでに食べたことのないてんぷらだった。たらの芽、コンフリー、柿の葉……。しかも夫人のお酌で極上の酒まで飲ませてもらったのである。

礼を言い、恐縮してお宅を辞去し、帰り道に考えた。

——いったい、今日のことは何だったのだろう。

頬をつねりたいような感じでぼくは駅までの夜道を歩いたが、そのうちに思いあたった。つまり、ピアノなんか運ぶ予定は最初からなかったのではないか、もともとご馳走してくれるつもりだったのではないか、それを言わずにぼくを呼んでくれたのでないかと。

翌日、ぼくは遠藤周作に電話した。

てんぷらをご馳走になったことを報告し、ついでにピアノの一件についても告げた。

「大久保はんは、そういう人や。お前さんが『三田文学』をやっとるから、ねぎらってくれたんだ。あの人はそういうときでも、ご馳走してやるから来いとは言わん人だ。ついでのようにして、ご馳走する。大久保流のナックルボールやな」

忘れ難いといえば、その頃の夏の軽井沢である。

学生時代からぼくらは軽井沢の遠藤周作の山小屋へ押しかけていたが、それは卒業してからも変わることがなかった。新しく加わった学生たちも混じり、多いときには十人を超える者たちが山小屋を占領した。さすがに寝る場所がなくなり、ある日誰かが図々しくも、

「庭に合宿用のプレハブを建てましょう」

と提案し、みんなでスコップを持って庭の地均《なら》しがはじまったのだが、やがてプレハブが完成したとき、鼻の頭を撫でながら遠藤周作が言った。

「誰か、立札を作ってくれ。苦労して建てたプレハブにふさわしい説明書きを残しておこう」

ぼくらが見守るなかで、新しい立札に遠藤周作は墨文字で記した。

〈この家は曾呂利新左衛門が作ったもので、膝栗毛のヤジさん、キタさんも泊まったのです。

皆さん、謹んで拝観しましょう〉

プレハブの前の小道にはほとんど人影がなかったが、ごくたまに通る女の子たちは、やがて小さなプレハブの前に奇妙な立札を見つけた。そこに書かれた文字と、いかにも現代的な素材を使ったプレハブとを、首をかしげて見比べていたが、その光景をもちろん一人の小説家が家の蔭からほくそ笑んで眺めていた。

軽井沢での毎日の食事は遠藤夫人が用意してくれた。もちろん十人が一度に食べられるわけではないから、ぼくらは何班かに分かれて食卓につき、そのたびごとに遠藤夫人のもてなしを受けたのである。図々しくもあったが、それは何とも有り難くもあった。

夕食がすむと酒盛りがはじまる。

ところが一時間もすると、たいてい遠藤周作は黙って二階へ消えていった。秘書の塩津さんに尋ねると、明日までに仕上げなければならない原稿があるという。

こうなるとぼくらといえども、バカ騒ぎをつづけるわけにはいかなかった。仕事の邪魔になってはいけない、と互いに目くばせして声を落とした。するとまもなく、遠藤周作が階段の踊り場まで下りてくる。

「おい、なんでそんなに静かなんや。静かだと原稿が書けんじゃないか。今までどおりにもっと騒いでくれ」

疑心暗鬼になりながらも、こうしてふたたび酒盛りがはじまる。ぼくらの心にわいた懸念は、秘書の塩津さんが吹き払ってくれた。

「ボスは淋しがり屋だから、みんなが騒いでいてくれたほうが、かえって安心して仕事が捗るんです」

塩津さんは当時二十代の終りで、ぼくらの憧れの的であった。学習院出の才媛で、細身で美しく、口数の少なさがノーブルな感じを強めていた。ぼくらのうち、編集長が伴天連《バテレン》と渾名《あだな》をつけた天然パーマの学生などは完全に参っていて、みんなで散歩に出たとき、塩津さんとたまたま二人だけで話ができたことに興奮し、突然両手を広げて飛行機の真似をしながらブーンブーンと叫んで走りだしたことがあった。

その塩津さんも入って、ある日、沈黙ゲームというのをやったことがある。

「これから電気を消す。五分間だ。その間、どんなことがあっても絶対に声を出してはイカン。声を出した者には罰則が待っとるぞ」

「三田文学」の仲間には他大学の女子学生も入っていた。遠藤周作が当時いくつかの大学で講義をしていた関係で、なかには奇妙に言葉づかいの丁寧な女の子もいたが、沈黙ゲームと聞いてみんなが彼女たちと、そして塩津さんのほうを窺ったのはいうまでもなかった。

沈黙ゲームは開始された。

はじめの三十秒こそ、みんな辺りの気配をうかがうように大人しくしていたが、そのうちに暗闇のなかで活動がはじまる。どこかで、ケシカラヌ男子学生の手を振り払う音がし、短いさけび声がもれた。しかし誰も言葉にはしない。そして相手が何も言わないとわかると、より一層大胆になった。五分の沈黙のうち、まだ四分は残っている。あちこちで体がぶつかりあう音と、追いかける足音、逃げる足音が交錯した。あと三分……。

そのとき突然、明かりが点けられたのである。

ぼくらは電気のスイッチに手をかけて遠藤周作がシテヤッタリと笑っているのを見た。それから照らし出された室内に、赤ん坊のように這い這いをした学生たちの姿を見た。塩津さんと女の子たちはテーブルの下に見事に身を寄せあって隠れていた。そしてぼくは、あろうことか一人の痩せた男子学生の足首を、しっかりと摑んでいたのである。

「やあ、すまんすまん。……しかしまあ、なんと、さもしい姿よ。なあ加藤」

笑い声があがった。しかしそんなことで傷つくほど、その頃のぼくは柔《やわ》ではなくなっていた。おまけにその晩は、遠藤周作が取っておきのアルマニャックを気前よく開けてくれたのだから。

軽井沢の山小屋は、千客万来と言えた。

北杜夫さんも夫人や娘さんと一緒にたびたび来たし、劇作家の矢代静一さんや、作曲家の矢代秋雄さん、そして吉永小百合さんの姿もあった。フジテレビからの依頼を受けて遠藤周作が作った三十分時代劇に、ぼくらは全員で参加したのだが、そこに吉永さんが特別出演してくれたのである。山道で山賊に襲われる吉永小百合を助けるのがぼくの役で、紹介されたときにはすっかり舞い上がって何を話したのかも憶えていなかった。

また、この山小屋にはぼくらが町で誘うことに成功した何人かの女の子たちもやって来た。昼間、階段の踊り場から顔をのぞかせた遠藤周作が、自分の家の居間に見知らぬ女の子たちがいることに驚き、あわてて二階の書斎へ引っこんだこともあった。ぼくらは大先輩の家で、まさにツラの皮の厚い居候のごとく振る舞っていたのである。

そういえばこんなこともあった。

夜中の一時すぎ、山小屋の前の小道に車が停まり、クラクションがけたたましく鳴った。出てみると、一人の女性が車から降りてきた。目がさめるような貴《あて》やかさである。

「遠藤さーん、遠藤さーん」

と彼女は呼んだ。しかしその声はあきらかに酒に酔っていた。

やがて遠藤周作が二階からパジャマのまま降りてきた。その後ろに、いつのまに着がえたのか、カーディガンにスカート姿の遠藤夫人が見えた。

まずい、とぼくは気をまわして焦った。これは大事件だ。

しかし深夜の来客はそんなことはおかまいなしに居間へずんずんと上がりこむと、遠藤周作へしなだれかかるようにして、

「飲ませてちょうだい、遠藤さん。ねえ、飲みたいの」

と呂律のあやしくなった口調で言う。

遠藤周作は明らかに弱りはてていた。酔いどれの妖婉《ようえん》な来訪者を持て余しているという感じはやはり否《いな》めない。しかし相手のほうはあくまで陽気で、

「ねえ、飲みましょう。こんな時間にごめんなさいね。でも、飲みましょう」

とやっている。

ぼくは昔の破滅型作家の生活の一シーンを胸のなかで思い描いた。檀一雄ならこんなときどういう態度をとっただろう……。ところが、まもなく遠藤夫人が台所からウィスキーと氷とツマミを盆にそろえて運び、いつもの笑顔で、

「なんにもありませんのよ。でもどうぞ、ゆっくりなすってください」

と言ったときには目をみはった。遠藤夫人の笑顔にも口調にも、まさに何のふくみも見られなかったのである。

夫人はテーブルのうえにグラスと小皿、フォークをセットすると、遠慮がちな姿勢をたもってそのまま二階へ引きあげていった。ぼくも引きあげようとしたが、遠藤周作は怒ったように言った。

「加藤はここにいろ。逃げるな」

逃げるな、という言葉には異議を唱えたかったが、そのまま黙ってぼくはソファーに坐った。

結局、深夜の来客は三十分ほどで帰っていった。危険な会話も、怪しい気配も、残念なことにまったくなかった。

「きれいな人ですねえ」

とぼくが溜息をつくようにして言うと、

「そうか」

そのときになって初めて、遠藤周作は余裕をたっぷり見せて答えた。そこには破滅型作家のイメージは完全なまでに無かった。そしてその夜、ぼくが胸になぞったのは遠藤周作と美女の姿ではなく、遠藤夫人の超然とした態度だったことはいうまでもなかった。


これはまた別の日のある明け方のことだ。

例の曾呂利新左衛門のプレハブが満員となり、ぼくは卒業生の特権で母屋の一室に仲間の一人と寝起きしていたのだが、その日は六時頃に目がさめて部屋の窓から外を眺めていた。するとガレージに置かれた白いカローラから、カーディガン姿の遠藤夫人が出てくるのが見えた。早朝の六時に買物になど行くわけはないのにと不思議な感じになったが、よく見ると夫人は腕に厚手の毛布をかかえていた。

なんだろう、と考えたものの、迂闊なことにその朝の光景を以後ぼくは一度も思い出すことはなかった。

知ったのはずっと後——二十年も経ってからである。遠藤周作と二人で行った旅の帰り、飛行機のなかで昔の軽井沢の話になり、

「家内はあの頃からゼンソクの発作があったのや」

と言われたとき、ぼくは突然、なぜかあの朝の光景を思い出した。

ぼくは告げた。夫人が朝、白いカローラのなかから毛布を持って出てきたことを。

「ああ、そうだったかもしれん。君たちが同じ母屋で寝ていただろう。夜中に家内が咳をしはじめたから、俺は、ウルサイって叱ったのや。学生たちが眠れんだろう、って。そしたらあいつは、気をきかせて毛布を持って自動車のなかで寝たんだな」

胸に針がささった。たかが学生ごときに……と、ぼくは夫人に心のなかで頭《こうべ》を垂れた。

ウルサイ！　とかなり強い調子で夫人に言うのは遠藤周作の口癖に近い。

初めてその言葉を耳にしたときはぼくも体がビクリとして思わず緊張したものだが、遠藤夫人は馴れているとみえて、

「ああ、そうですか」

と子供をあやすような感じでほほ笑む。

後年、入退院をくりかえして気力が失せたように見えたときでさえ、病室でさかんに「ウルサイ！」と夫人に言っていた。

亡くなる半年ほど前、車椅子からいったん降ろした遠藤周作をぼくの車の助手席に乗せ、退院していくときもそうだった。極め付きのセッカチなので、少しでも遠回りになったり、混雑した道路に入りこんだりすると、もう落ち着いていられない。ぼくが方向音痴だということもあって、道を選ぶのはいつも遠藤周作の役割だから、その日もぼくは一番の近道を尋ねたのだが、そのときすかさず夫人が、あの道がいいでしょう、と教えてくれたのである。

「ウルサイ！」

と突然大声を出した。

後ろの座席で夫人が、

「ああ、それだけ怒鳴れれば大丈夫だわ。よかった、よかった」

早口で言うと、また、

「ウルサイ！　ウルサイ！」

と、昔とおなじに怒鳴ったのである。

つまり現実には遠藤周作は亭主関白だった。しかし随筆には、夫人と喧嘩すると家じゅうの窓を開け放って「弱いものイジメするな」と叫んだと書いてある。だがそれはやはり遠藤流のナックルボールであり、ぼくの生意気な解釈を付け加えれば、気まずくなった雰囲気を元にもどすための「滑稽化作戦」だったのだと思う。

ぼくにとって、四十代、五十代の遠藤周作はひどく怖かった。ひと月のあいだ一度も怒られなかったことは皆無といっていい。ただし、怒ったあとには必ず、それをフォローする言葉がやってきた。激しく怒鳴られ、電話をたたきつけられても、めげずに済んだのはそのフォローがあったからである。

しかし数えきれぬほど叱られたから、遠藤周作が本当に怒るのはどんなときか、大体はわかったつもりになっている。それは大別すると四つのパターンにわけられる。つまり、①物事の処置が遅いとき、②「馴れ」が「狎れ」になったとき、③大事な場面でいい加減になったり不真面目になったとき、そして、④相手の辛さがわからぬとき、である。

ただし、これはぼく自身が当事者の場合だから、ここに含まれぬケースもあったに違いない。たとえば、ぼくが「三田文学」時代に見たもっとも怖い顔は、前述した四つとは別の理由によるものだ。

昭和四十五年の十一月のある日、ぼくらは都内の酒場で遠藤周作を囲んで飲んでいた。夜もだいぶ更けたとき、突然、

「三島さんの家へ行ってみようか」

と言ったのである。

タクシーに乗りこみ、ぼくらは馬込の三島由紀夫邸にむかったのだが、遠藤周作と三島由紀夫がそれほどの交友関係にあるとは正直のところやや意外であった。たしかに遠藤編集長時代の「三田文学」では、三島由紀夫特集を実現したことがある。そのときぼくはインタヴ

ユアーをつとめていた秋山駿さんと二人で馬込の三島邸を訪ね、ちょうどベランダから戻ってきたばかりの、裸の肩にバスタオルをかけた三島由紀夫から、じかにビールを注いでもらうという栄誉に浴したのだが、それはぼくらのバックに遠藤編集長がいるからこそ受けえた接遇《もてなし》である。しかし、実際に二人のあいだにどんな交友があったか、ぼくらは知らなかった。ただ一つ、遠藤周作が自分より二歳年下であるにもかかわらず、つねに「三島さん」という言い方を崩さなかったことに、三島由紀夫という作家への特別の感情をぼくなりに嗅ぎとっていた。

それにしても、

「三島さんの家へ行こう」

というその夜の提案は唐突かつ意外であった。

酔っていたにせよ、決してその種の発作的な行動はしない人だけに、なにか別の遠藤周作を見ているような気がしたのである。

案の定、タクシーが三島邸の二十メートルほど手前まで来たとき、

「おい、いま何時や」

と聞かれた。

時計を見ると、十二時に近かった。すると急に酔いから醒めたような、重い口調になった。

「やっぱり悪いな。もうそんな時間か」

そして、夜空に食みだした三島邸の洋風の黒い翳に背をむけて、ぼくらはいま来た道を戻りはじめた。

……三島由紀夫と楯の会のメンバー四人による市ヶ谷自衛隊駐屯地への乱入事件は、その翌日である。昭和四十五年十一月二十五日、三島由紀夫は総監部前のバルコニーで「憲法改正に蹶起せよ」と八分間演説したあと、総監室にもどって短刀で割腹自殺した。

事件の翌日、ぼくは「三田文学」の仲間だった仏文出の同窓生の結婚式に出席していた。遠藤周作は来ないかもしれないとは思ったが、披露宴のはじまる少しまえに姿をあらわした。ぼくは駆けよって言った。

「先生、三島さんの……」

しかし、それは見たことのないような怖い顔だった。黒ぶちの眼鏡の奥の目に、赤い糸くずのような充血の痕があった。

ぼくは聞いてみたかった。あの夜、なぜ三島由紀夫の家へ行こうと言ったのかを。

だが遠藤周作はぼくの言葉を遮るように、

「おい、加藤」

と押しころした声を出した。それから少し前屈みになると、宙の一点を睨みつけながら、硬張った顔で言った。

「三島さんをよく知るわけでもないのに、テレビでさかんにしゃべってる人間がおるだろう。

さも分かったように。いいか、いま何かを分かったように言っている人間を、絶対に信用したらいかん。彼らの顔をようく憶えておけ」

その怒りの気迫に、ぼくは一言も返すことができなかった。あれほど怖かった顔を、その後も見たことはない。

ところでぼく自身が怒鳴られ、電話をたたきつけられたことはといえば、これはもう数えきれないほどだ。そのなかでもいまだに消えない烈しい叱責の声がぼくの胸には残っている。

あれはぼくが「三田文学」のバトンタッチをすませ、編集室から出ていく昭和四十年代の終りだった。

その年、ぼくは一つの短い小説を書き、遠藤周作に提出した。それは「三田文学」に掲載され、やがて幸運にも商業文芸誌に転載された。はじめての原稿料を手にして、ぼくは思った。職業作家になれなくてもいい、ただ、せっかくもらった人生の機会なのだ、一生に一つだけ、遠藤周作という作家を感動させる小説が書きたい。

しかし、そんな覚悟を決めたときでさえ、ぼくはまた、大目玉を喰う失敗をしでかすのである。——つまり、ぼくは文芸雑誌の編集者から次の作品を持ってこいと言われ、勇んで書いた。そして編集者に届けた。ただ、ぼくはそれを遠藤周作に見せなかった。言い訳をすれば、忙しい作家の時間を奪ってはいけないとそのときも思ったからである。

だが、遠藤周作は烈しく怒った。

「活字になることと、いい小説を書くことと、一体どっちが大事なんだ。そんなに活字にしたければ、俺は知らん。勝手にせい」

その後の四年ちかくは、ぼくの三十年にわたる遠藤周作との歳月のなかで、もっとも疎遠だった時期である。ぼくは「三田文学」をやめ、雑誌「風景」の編集者となった。「風景」は紀伊國屋書店社長の田辺茂一氏が発行人となり、舟橋聖一氏を中心とするキアラの会という作家集団が編集を担当する小冊子である。ただし、その会にはメンバーの一人として、遠藤周作も名前を列ねていたのだが。

第四章　タマネギという名の神

女子高を訪れた遠藤周作親子（後列。右端は著者）

後年、九州の延岡のはずれ、無鹿《むしか》という鄙びた地で、晩秋の夕暮れ、並んで川を眺めていたときのことである。

「『三田文学』で加藤と会ってから、もう何年になる」

二十年をこえました、とぼくは答えた。

「そうか、二十年か。ということは単なる縁ではないんだな。縁だけなら、そんなに長く付きあうわけはない」

その無鹿というのは、キリシタン大名の大友宗麟が晩年に理想都市を築こうとした川沿いの地だった。宗麟はおそらく、ポルトガルの宣教師によってもたらされた西洋音楽を聞いていたから、ムジカ（音楽）というラテン語を自分の理想都市の名にしようとしたのかもしれなかった。教会が建ち、村には鐘の音が響き、奏でる西洋音楽を村びとたちが連れだって聴きにくる地、無鹿――。

しかし宗麟のこの夢は、彼が薩摩の島津軍との戦いに敗れたことで打ち砕かれる。宗麟は敗走し、ムシカという美しい名の理想都市の建設はならなかった。

無鹿は、要するに大友宗麟の挫折の地である。いま、そこを訪れる者は誰ひとりとしてなく、川には朽ちた小舟が沈みかかって杭につながれ、刈り入れの終った田には夕陽が落ち、遠くでは子供たちがダンボールの板を使って土手すべりをしている。

そんな地に遠藤周作という小説家と共に立ち、一人のキリシタン大名の挫折の人生に思いを馳せるなど、二十年前のぼくは考えてみもしなかった。それはたしかに、単なる縁ではない何かかもしれなかった。もし縁だけだったなら、

「俺は知らん。勝手にせい」

と言われた昭和四十年代の終りで、この小説家とぼくとの歳月は途切れていたはずである。

「三田文学」を離れて雑誌「風景」の編集者となり、その生活が四年つづいたとき、キアラの会の中心的存在だった舟橋聖一氏が亡くなった。

緊急会議の結果、「風景」は終ることになり、ぼくは当時の編集長・吉行淳之介氏のもとで「追悼・終刊号」を作った。その号にはもちろん、「舟橋さんのこと／遠藤周作」という原稿も載っていた。

その遠藤周作から本当に久しぶりに電話をもらったのは、それからまもなくのことである。

「元気か。昼飯でも食おう」

誘われて、ぼくは指定された赤坂へ出むいた。乃木坂に近い料亭の洋風の個室に、遠藤周作は二人の若い女性と一緒にいた。ただし、彼女たちは二人とも黒い堅固な修道服に身をつつんでいた。

乃木坂をくだり切ったところに、カトリックの女子修道会がある。出版を通じてキリスト教の布教につとめる——というのがその修道会の目的で、二人の若いシスターは月刊誌「あけぼの」の編集員だった。

ぼくは少しばかり緊張した。黒い修道服を着たシスターと食事をするのは初めてである。しかも二人とも若い。シスターというと、なぜか厳粛な老女しか想像できずにいたぼくは、その若く伸びやかな雰囲気に圧倒され、しばらく肩をすぼめるようにして三人の会話を聞いていたが、どうやら遠藤周作は彼女たちの雑誌の編集方針について相談にのっているらしかった。

話が一段落したとき、

「そう固くなるなよ、加藤。身を縮めたくなる気持もわからんことはない。ふだん、汚《けが》れた生活ばかりしとるからなあ」

するとシスターの一人が、

「そんなに汚れた生活をしてらっしゃるんですか」

と、大真面目な顔でこっちを見つめた。

「ああ、汚れとる。酒池肉林の生活や」

その言葉にシスターは思わず顔をしかめ、それから取りつくろうように笑みを作り、しかしふたたび眼をほそめてこんどはバイ菌でも見るような感じでこっちを見つめた。

ぼくは肩をすぼめて一層ちいさくなった。

しかしやがて、

「加藤君よ、シスターとお話しできる機会などめったにない。どうや、何かうかがってみることはないか」

と言われて、その日ぼくは生れて初めて聖女たちと会話を交わしたのである。ただし、せっかくの機会にしては余りに情けない質問ばかりではあったが。

「シスターがたは左手のくすり指に指輪をはめていらっしゃいますが、結婚しているんですか」

「はい」

とひとりのシスターが悠然とほほ笑んだ。

「えっ、結婚してもいいんですか、カトリックの修道女でも」

驚くぼくに、横から遠藤周作が、

「結婚しとるのや、あの人と」

と壁に掛けられたイコンを眼でさして言った。聖母に抱かれたキリストがいた。

「キリストも大変だなあ、何千、何万と奥さんがいる。重婚なんてもんじゃない」

そうつぶやくぼくに遠藤周作は言った。

「加藤君よ、もう少しまともなことを聞いたらどうかね」

そこでぼくは尋ねた。

「これも失礼ですが、シスター方の頭のかぶりもの——それは何のためですか」

編集長シスターがほほ笑んで答えた。

「たいしたことではないんです。これをかぶれば、髪の毛を整えなくてもすみます。髪をいじる時間があったら、お祈りや仕事をしたほうがいいですから」

「そうなのか、知らんかった」

横で遠藤周作が膝を打つ。

「じゃあ、美容院になど行かないんですね」

とぼくはきいた。

「美容院は行きません。髪がのびれば、おたがいに鋏を持って切ります。だから私たちは頭にかぶりものをしないと、みっともなくて外を歩けないときもあるんです」

彼女たちが互いに鋏を持って髪を切る光景はほほ笑ましくて美しく、それにぼくは親近感を抱いた。ぼくはさらに聞いた。

「さっき、食事がはじまるとき、たしかお二人ともお祈りをなさらなかったでしょ。祈らなくてもいいんですか」

「修道院のなかでは必ずお祈りをします。でも、外で食事をいただくときは、加藤さんのように信者でない方もいらっしゃるわけだから、私たちは心のなかでお祈りを唱えます」

そうか、とぼくは思いあたった。聖書のなかにもたしか、祈るときは人に隠れて祈れと書いてあったな。

「もっとも、心のなかで祈るというのは、私の判断です。だからもしかすると叱られるかもしれませんが」

「やっぱりシスターでも叱られるんですか」

「ええ。私たちがいちばん守らなければならないことの一つは、従順であれということですから」

「そうか、従順か」

ぼくは一人でうなずいた。

「たとえばザルで水を汲めと言われたら、バカバカしくてもそうしなければいけないわけだ」

するとシスターの一人がうなずき、それからちょっとためらいの様子を見せた後で言った。

「でも、私がもしザルで水を汲めと言われたら、ザルのうえに新聞紙を敷いて、それで水を汲みます」

ぼくは笑った。横で遠藤周作も笑っていた。

人間的だな、とぼくは思った。神さまもきっと叱りはしないだろう。遠藤周作の小説のなかに読んだ母親のように優しい神さまが心に浮かぶ。

その日、食事が終ったときである。遠藤周作が言った。

「どうですかシスター、いま加藤がしたような質問をあなたたちの雑誌に載せてみませんか。キリスト教に関して普通の知識しか持ちあわせていない日本人が、どんな疑問を持っているか。何も専門的な記事を載せるばかりが、あなたたちの雑誌の使命とも思えないのだが」

こうしてぼくは久しぶりに会った遠藤周作から有り難いことに一つの仕事をもらったのだった。そこには多分、もう一つの別の意味もこめられていたのだろうが、そのときのぼくには、「風景」が終刊となって基本収入を失った男をそうやって気遣ってくれたのだとしか思えなかった。


「平均的日本人からみたキリスト教への疑問・質問」——。

カトリック雑誌「あけぼの」での連載がはじまった。インタヴュアーはぼくと、かつてイスラエルにも同行した先輩の泉秀樹氏。もちろん泉さんもキリスト教にまったく縁のない平均的日本人である。

第一回のゲストは、劇作家の矢代静一氏だった。

矢代氏が大のビール好きであることを知っていたぼくは、こんな低俗な質問からインタヴューを開始した。

「キリスト教徒は、バーへ行ってもいいんでしょうか」

矢代さんは笑い、それから怪訝な顔つきになった。

「どうして？　ぼくは神父さんともよくバーへ行っているよ。なぜキリスト教徒がバーへ行ってはいけないのか、それを逆にお聞きしたい」

「でも、バーに行って女の子と鄙猥《ひわい》な会話をかわすのはまずいでしょうね」

「ぼくはかまわないと思うよ。だって人間は鄙猥なんだもの」

「そうかあ。……でも口説いたりしてはまずいでしょうねえ」

すると矢代さんは大きく笑い、

「たとえばね、聖書のなかにマグダラのマリアという姦淫を犯した女性が出てくるでしょう。イエスが、誰か自分に罪のないと思う者がこの女に石を投げなさい、と言うと、誰も投げられなかった」

「うーん、そうかあ」

どこか煙にまかれたという感じだった。

ぼくら平均的日本人がいだくキリスト教のイメージは、おそらく明治の内村鑑三によってもたらされたような、自己規制の強い厳格な宗教であった。そのイメージがぼくのなかにもある。キリスト教信者は、タバコも酒も飲んではいけない。淫らな眼で女性を見てはいけない。それが堅苦しいイメージとなってぼくのなかにも残っていたのだが、その点で矢代さんの話はやや意外と言えた。

「へえ、そんなものか」

と思ったが、傍らで聞いているシスターたちの黒い修道服姿を見ると、またぼくのなかに重苦しさが立ちこめてきたのも事実である。

夏になり、シスターたちの服が変わった。聖なる世界にもどうやら衣替えは存在していて、黒い修道服が薄いネズミ色に変わってぼくはほっと息をついた。

その間もインタヴューはつづき、ぼくらの前には、上原和氏、今道友信氏、田中澄江氏、高橋たか子氏といった歴戦の勇者たちが次々とあらわれていた。

遠藤周作は毎号、読んでいてくれた。

「お前さんたちの対談、あれは、ソウカァ対談やな。相手の言うことに只ただ頷くばかりで、ソウカァ、ソウカァとやっとる」

連載が一年ほどつづいて、マザー・テレサへのインタヴューが決まったときには、こう羨んだ。

「いいなあ、マザー・テレサに会えるなんてさ。俺は話したことも、会ったこともないのに」

インタヴューの前日、いったいどんなことを聞こうかとぼくは悩んだ。マザーはノーベル賞を受けていらっしゃいますが、ノーベルという人は爆弾を作った人です。そういう人の賞金を受けることに抵抗はないのですか……。

しかし現実に会ってみると、そんな質問をしたいという気持は不思議なことにまったく失せていた。

「正直に言いますと、ぼくは神が信じられないのですが」

とぼくは打ち明けた。マザーは、

「あなたが信じないのはあなたの自由です。それでいいのです。私が信じているのですから」

と皺ぶかい顔に笑みを浮かべて、なんとも魅力的なことを言った。

粗末な布を体にまいたマザーは、素足にサンダルをはき、左肩には大きな十字架をかけていた。キリストはかつて、ヨーロッパやアフリカには現われても、極東のはずれにある日本には現われなかったとぼくは思っていた。しかし粗末な布をまとったマザーに会い、その肩に十字架を見、一語一語に力のこもったマザーの言葉に触れたとき、ぼくはこの日、日本に初めてキリストが現われたのかもしれないと思った。

あとで遠藤周作が、ぼくらのインタヴューを読んでこう言ったのを憶えている。

「二人とも畏まっておったなあ。加藤などしまいには、神さまを信じられない人間はどうしたらいいんですか、とマザーに助けを求めていたじゃないか」

そう、ぼくが助けを求めるようにそう言ったとき、マザーは言ったのだ。

……まず、心のなかで言ってみることです。神さま、あなたを信じます、と。

結局、その言葉を心のなかでも言ってみることはできなかったが、この日マザーからもらった一枚の紙をぼくは額に入れて本棚に置いた。そこにはボールペンで書かれた、力強いマザーの文字があった。

……加藤さん、わたしはあなたの愛を信じます。


平均的日本人としてキリスト教徒たちに毎月、質問する。あなたはなぜ神など信ずるのですか、と食い下がる――そういう生活が三年ちかくつづき、最後にぼくらはこの企画の発案者である遠藤周作にゲストとなってくれることを願い出た。

生まれて初めて、公式に師匠と話す。

けれどもそのときでさえ、ぼくらはまだ幼稚な質問をくりかえしていた。

たとえば泉さんは言った。

「貧しき者は幸いなり、という言葉が聖書にありますが、先生は貧しくなくなっちゃったわけです。すると聖書には、金持ちが天国に入るのはラクダが針の穴を通るより難しい、とあって、先生は天国には入れないんじゃないでしょうか」

遠藤周作は苦笑しつつ、答えた。

「だから神父さんに聞いたことがあるんだ。そしたら、その収入で神父さんにお酒をおごっておけば、補欠ぐらいで救われるんじゃないかって」

そんな話から、ぼくらの話は始まった。泉さんが質問した。

「聖書は人間が書いた本で、そこに書かれているのは人間がつくった神さまではないかとぼくは思うんです。たとえば神が天地の創造主であるとかいうことも、結局は人間が考えだしたことでしょう。それを先生は信じていらっしゃるのですか」

「ははァ、それを言いたいのか。要するに君は、人間が神の存在を望んでつくりだしたと言いたいのだろう」

と遠藤周作はいつもの癖の、机の端を指で小刻みに叩く仕草を見せながら言った。

「俺のなかにもたしかに泉の持っている或る部分はあるね。人生を楽しむのが好きでね。それから加藤みたいにいつも不安や心配があったり、いろんな欲望もある。そういう生き方のなかでは、泉がいま言ったように神は人間がつくったと考えるほうがはるかに楽でしょう。しかし人間がつくったものだとしたら、俺はもうとっくに捨てているわな。そのほうが楽だもの。泉のような生き方をするほうが楽だもの。しかし、そうではないという声が心のどこかに聞こえているから、今日まで小説を書いてきたんだ。ここのところをもっと詳しく考えようか」

遠藤周作は説明した。神は人間の観念の産物、人間の意識の反映だという、マルキストやフロイトの考え方があった。それによって我われは神をつくったのだと、自分も昔、そう考えたことがあったと。

「この間、泉が、悪いことをしても自分には神を求める感覚はありません、と言っていたな。そういう時代が俺にもあった。しかしそんな自分が、薄気味わるいものになってきたんだな。悪いことをしても神が見ているとはまったく感じない無感動な自分に気づいて、そういう自分が薄気味わるいと思った。それがぼくの『海と毒薬』という小説のテーマに発展したのだが、君はどうかね」

「無気味だっていうことはあります」

と泉さんは言った。

「じゃ、たいして悪いことをしていなかったか、それとも鈍感だったかだな。俺はそのとき、無気味とか無気味じゃないというものが、どうして心のなかに起きたのかと考えたわけだ。泉は鈍感な男ではないのに、なぜ考えないのかな」

「うーん」

と泉さんは唸った。

「うーんか。さてそのとき俺はだね、神は人間の観念でつくったものだとは、とても断定するだけの自信が起きなくてね。だったらそれをつきつめてみようと思った。少なくとも自分の気持のなかでは整理しておきたかった。パスカルの有名な賭けがあるだろう。あるかもしれない、ないかもしれない……。どっちかに賭けるのが人生だ、という気持もそのなかに加わっていた。もし神を人間の観念の所産だと切り捨てていたら、もっと楽な弥次さん喜多さんみたいな道を、俺みたいに才ある男は選んでいただろうな。そこでもう一度、泉に聞きたい。君は何をやっても心の痛みを感じない自分に気づいているんだろ」

「はい」

「ドストエフスキーの『悪霊』の主人公スタヴローギンも、何をやっても心に痛みを感じなかった。スタヴローギンは、そこでもっと卑劣なことをしてみた。つまり小さな女の子を強姦した。すると強姦された女の子が便所に入って自殺した。それでもスタヴローギンの胸はチクリともせん。しかし彼がやがてドイツへ行って、一枚の絵——楽園の絵を見た瞬間、胸が烈しく痛んだ。……泉もスタヴローギンのようなことをやったら、心に痛みがくると思うか、こないと思うか。いや、それよりその瞬間が君は欲しいかね、欲しくないかね」

「とくに望みません」

泉さんはきっぱりと言った。

「それは怖いからだろう。そしたら無気味なままで一生を終るのか。無感覚な状態でずっと生きたいかい?」

泉さんはこんどは黙った。

「君は望まないと言ったが、ほんとは胸の痛みを心の奥底で期待してるはずだよ。胸の痛みがまったく無くて終っていいのなら、決して君は小説を書かなかったろうからね。スタヴローギンも神さまなんてのは観念の所産だと思っていた。しかしほんとは無意識のうちに神が欲しかった」

泉さんはうつむいていた。うーん、ともういちど唸るようにして黙った。

ぼくも半分は泉さんと同じだった。ただ、半分だけ違っていた。その違いは何か——それにこだわりたくて、ぼくは話のつづきを引き受けた。

「自分の心の痛みに、ぼくも無関心ではいられないはずだと思います。でも先生はいま、スタヴローギンは無意識のうちに神が欲しかった、と言いました。どうして、そこで突然に〈神さま〉が出てくるのか、ということが分かりません。いま、神さまという言葉が突然に出てきたような気がするのです。その前までの話はよくわかったのですが」

遠藤周作はニヤリとしたように思う。

「さあ、そこだ。今日はそこから君たちの立場で考えたい」

「ぼくのなかに神が存在しなくても、胸の痛みは感じると思います」

「ほんとうかい」

と師匠は言った。

「俺は社会的道徳と宗教的倫理とは別だと思うのだがね。ドストエフスキーも、神がいなければ何でもできると言っているよ」

「自分のなかで何かを考えるときに、〈神さま〉を引っ張ってくるか、こないか、ということだと思いますが」

「引っ張ってくる、こないじゃなく、引っ張らせる何かがあると思わないか」

言ってから遠藤周作は椅子に坐りなおした。

「こういう言い方じゃ君たちには実感がないのなら、話し方を変えよう。加藤はつまり、俺がむりやりに〈神さま〉という都合のいい切札を出したと思うんだろう」

その通りだった。話はつづいた。

「仏教で時節到来というが、人間の人生は、神さまが出てくる〈時〉というのがあるような気がするね。神さまが呼ぶ時期というのがあって、ある人には十代で呼ぶし、ある人には二十代で呼ぶ。それからある人には死ぬ直前で呼ぶ。……君たちはいま、四十代かな」

「いえ、まだまだです」

ぼくは答えた。まだ三十代の初めである。

「ほんとか。二人とも遊びすぎのせいか、ずいぶん老けて見えるね。……しかし四十代の半ばをすぎると、君の人生にかかわった人間が、夜中に思い出されることがあるよ。なあ、正直、加藤も他人を不幸にしているし、泉も他人を不幸にしているもんねえ」

すると泉さんが力強く口をはさんだ。

「幸福にもしているはずです」

「しかし幸福にするより、不幸のほうが多かったんじゃないかねえ」

ぼくの場合は……そう、たぶん圧倒的に不幸にしたほうが多いだろう。

「それでだ、四十も半ばになると自分の人生に一つの筋道を与えたいという気持が出てくるぞ。そろそろ死が意識されるからね。人生という作品の完結を考えたくなるでしょう。君たちの人生の序章、一章、二章、三章で触れあった人物を、自分と本質的にどういうふうに秩序づけるかを考えるでしょう。いままでは忘却のなかへ放りだしとったその人たちを、棄てたら棄てっぱなしにはできないでしょう。身内でも、友人でも、女でも。深夜、そういう人びとのことがふっと出てくる。するとその人たちへの哀しみが起きるのだ」

「わかります」

とぼくは言ったが、それはどうやら優等生にすぎる答であった。遠藤周作は口調を少し強め、

「いまでも思いだそうとすれば本当に思いだせるのかい。そのときの相手の哀しそうな表情だとか、つらそうな顔だとか。……他人の人生を踏みにじったことのない奴なんて決していない。正宗白鳥が言ってるだろう、どんな人間にも一つの秘密があって」

「ええ」とぼくは思い出した。「人には言えない秘密がどんな人間にもある」

「そうや、それを知られるくらいなら死んだほうがマシだという秘密が君たちにもあるはずだ。しかし、じつはその秘密の部分にこそ、神さまとの関係が生じるんだよ。君たちもいつかそこで神さまと勝負しなくちゃならない。……そうか、加藤は神さまという名を与えたくないのだったな。それならXと言ったらいいだろう」

「Xですね」

とぼくは頷いた。Xなら異存はなかった。

「しかし、そのXは何かと問わなければならない時期が、やがてくるのだよ。そしてそのXに、もし神という名前を与えたくないのなら、タマネギと呼んでもキュウリと呼んでもいい」

タマネギか……とぼくは考えた。いい呼び名じゃないか。タマネギなら、ぼくにも付きあえそうだった。

「俺の小説はさ」と遠藤周作は言った。「タマネギと対決する話なんだ。人間がタマネギとぶつかった話だからね。そう、人生というのはまさにミステリー小説でね。タマネギは、君たちがいつか見つけなければならない犯人なんだ。いま、君たちは犯人を捜しまわっている、人生というミステリーの犯人をさ」

インタヴューからほぼ一年後、ぼくは箱根の山にいた。

登山電車が終点となる山のうえに、一つのカトリックの学校がある。小学校から高校までの、お嬢さん学校として知られる古い私学。そこの校長をつとめるシスターと遠藤周作はかつて慶應で同級生であった。そんな縁で「あけぼの」の連載にも登場してもらったのだが、インタヴューの内容は、何不自由なく暮らした一人の女子学生が、ある日を境に修道女となることを決めた心の軌跡である。

それからしばらくして、シスターに会った遠藤周作がじつはこう頼んでくれていたのである。

「聞くところによると、あなたの学校には男の教師がいないそうですね。家庭にも父親と母親がいるのです。それなのに学校に女の先生しかいないというのは、おかしいですな。……どうです、この前あなたにインタヴューしたぼくの後輩を学校で雇いませんか」

こうしてぼくは分不相応にも女子高の非常勤教師として週に二回、箱根の山上に通うことになったのである。

ぼくは教師の免状を持っていなかった。が、幸い理解ある県教育委員会の決定で臨時免許の交付を受け、三年間の期限つきで夏休みの終った学校の教壇にたった。

山上のミッションスクールは、外界から遮断されていたことと、箱根という地方性もあって、生徒の多くは驚くほど純粋で無邪気であった。どこか石坂洋次郎氏の青春小説の世界を思わせるところもあったが、ぼくは最初の授業で少々気張って、

「君たちはいわば、ビーカーのなかで無菌培養されているようなものだ。卒業して東京などへ出ていけば、いろいろな雑菌にも触れなければならない。ゆえにぼくの役目の一つは、君たちに抵抗力を植えつけることです。つまりぼくは、山上のビーカーのなかに現われたバイ菌です」

するといちばん前にいた生徒の一人は眉をしかめてぼくを見つめた。それから、

「バ、イ、キ、ン」

と小さくつぶやくと、教壇のぼくを避けるように机を引いた。

「人は、清濁あわせ呑まねばいかんのだよ」

と遠藤周作うけうりの文句をワケシリ顔でつぶやいたが、彼女たちが男の教師に免疫がなかったということもあって、この山上の学校での生活は思い出しても愉しいことばかりであった。彼女たちは高校三年で十八歳、ぼくはちょうど倍の三十六歳。授業をはじめたら天気があまりにいいので、みんなを引きつれて散歩に出かけ、近くにあった北杜夫さんの山小屋に踏みこんだりしたが、そのときはあとで教頭先生からきつい注意をうけて、逆に生徒から慰められたこともあった。ぼくは少し年の離れた兄貴のつもりでいたが、実際、生徒たちも休み時間や登下校の登山電車のなかではプライベートな相談をよくもちかけてきたし、週末になると何人かの生徒が東京のぼくの家へ遊びにきて騒いでいった。ときにはあくる朝、家へは来なかった生徒の母親から、

「昨日は娘がおそくまでおじゃまして、ホントに申し訳ありません」
と、家内が寝耳に水の電話をもらったこともあったが……。

その頃、生徒たちによく奨めた本に『わたしが・棄てた・女』がある。もちろん作者は遠藤周作で、ぼくはこれを学生の頃に読んだのだが、感動というより、何か不思議な読後感につかまって身動きできないといった思いがあった。自分の心のなかの、まだ使ったことのない領域を刺激された驚き、とでも言おうか。

この小説はかつて浦山桐郎監督によって映画化され、近年では熊井啓監督が『愛する』というタイトルで映画にしたし、ミュージカルとしても上演（音楽座『泣かないで』）されている。主人公の名は、森田ミツ。平凡で愚かだが、与えることで充たされる女性である。彼女は純真なまでに誰かのために生きようとする。作者自身が、「私のもっとも好きな女性」と言い切った主人公である。

しかし学生時代のぼくは、もう一人の主人公・吉岡努《つとむ》君が気になってしかたがなかった。吉岡君は森田ミツを利用し、棄てる。そのことに良心の呵責を感じることもなく、やがてミツというみすぼらしい女の子のことなど忘れ、大学を卒業し、就職していく。

「俺は出世する、断じて出世する」
と毎日つぶやく彼は、やがて社長の姪《めい》の心を射止め、他の社員たちが羨むような未来を手に入れるのだ。

そんな吉岡君に、学生時代のぼくはなぜ、自分自身を重ねたりしたのだろう。ぼくには吉岡君のような野心も意欲もなく、まして棄てるような女の子がいたわけでもなかった。それでも小説を読んだあと、ウシロめたさとも痛みともつかぬ或る哀しさに捉えられて息苦しくなった。……あれは何だったのだろう。

小説のなかで吉岡君はこう述懐する。


〈あの女の子はぼくにとって出来心の相手にすぎなかったのだ。やくざな言葉で言えば「ひっかけ」「ものにして」……そう、あとは終電車が通過した夜のホームに冷たい風が吹きころがす煙草の空箱のように棄ててしまう一人の娘だった〉


しかし、棄てたはずのミツを、やがて吉岡君は思い出す。それは彼が結婚をしたあとである。彼はその年の年賀状に、〈謹賀新年、病気の回復を祈る〉とミツに宛てて書き、妻にかくれるようにして投函する。

森田ミツは御殿場にある特別な療養所に入っていた。手首にできた腫物がハンセン病だと診断されたからだが、かつてミツからそれを告げられた日、吉岡君はその場しのぎの慰めの言葉だけを口にして、逃げるように彼女のもとを去ったのである。

〈(なんでもないじゃないか)

ぼくは自分に言いきかせた。

(誰だって……男なら、することだから。俺だけじゃないさ)〉

彼はそう言って自分を納得させた。女の子をものにするなんて、男なら誰だって一度は体験することだ。自分だけではない——。彼にはいま、明るい新婚生活と確実な未来があった。彼はその幸福をミツとの記憶のために棄てようとはしなかった。しかし、彼は思うのだ。……この寂しさは、一体どこからくるのだろう。そして、彼はやがてこう気づくのである。

〈ミツがぼくに何かを教えたとするならば、それは、ぼくらの人生をたった一度でも横切るものは、そこに消すことのできぬ痕跡を残すということなのか。寂しさは、その痕跡からくるのだろうか〉

『わたしが・棄てた・女』は、ミツが事故で死んだという修道女からの手紙を吉岡君が受け取り、このように考える場面が最終章となっている。

ぼくが箱根のミッションスクールに通っていた当時、たとえば夏休みの読書感想文の推薦図書に『沈黙』や『海と毒薬』はあっても、『わたしが・棄てた・女』は入っていなかった。たしかに神の問題が正面からとらえられているわけではないし、最初の連載時に主婦たちの反発をかったというこの小説は、昭和二十年代の風俗も多く取り入れられていてエンタテインメントの色合も強い。

しかし、箱根の生徒たちの評判は上々だった。一部のすこぶる優秀な生徒は『沈黙』や『海と毒薬』のほうが好きだと語ったが、他の多くの生徒たちは森田ミツを気に入っていた。そして驚くべきことに、彼女たちは『わたしが・棄てた・女』の何気ない文章のなかにもしっかりと神の気配を感じとっていたのである。たとえば、誤診が判明して療養所を出たミツが東京行きの列車に乗らず、患者たちの世話をするためふたたび病舎へもどり、昨日まで同室だった患者を探しに敷地内の畠に立つ場面——。

〈雲の間から幾条かの夕陽の光が束のように林と傾斜地とにふり注いでいた。その畠で三人の患者が働いている姿が豆粒のように小さく見える。

ミツはその落日の光を背にうけながら林のふちに立ちどまった。あれほど嫌悪をもって眺めたこの風景がミツには今、自分の故郷に戻ったような懐かしさを起させた。林の一本の樹に靠《もた》れて森田ミツはその懐かしさを心の中で噛みしめながら、夕陽の光の束を見あげた〉

その〈夕陽の光の束〉という描写に、お世辞にも成績がいいとは言えない生徒の一人は読書感想文で、ミツが〈神の愛〉のなかに立ったことを発見していたのである。

ぼくは思わず、以前に遠藤周作がどこかに書いていたボヤキを胸に浮かべた。……鶏が鳴いたと書いても、誰ひとり聖書のなかのペテロの裏切りの場面を重ねてくれない。葡萄畠に陽の光がふると書いても、誰ひとり神の愛をイメージしてくれない。これが西洋と日本の読者の違うところだ。犬の哀しげな眼にも、九官鳥にも、誰もイエスを感じてくれない。まったく、犬を書いても犬と思われ、鳥を書いても鳥と思われ……。

しかし山上の生徒は、少なくとも「雲間からの幾条かの夕陽の光の束」にハッキリと作者の意図を読みとっていたのである。そればかりか、森由ミツを棄てた吉岡君の感じた〈寂しさ〉、そして〈消すことのできぬ痕跡〉という言葉にも、神の世界を直観的に結びつけていた。

そしてぼくはと言えば、そのときでも、

「ミツの愛は、神など持ちださなくても、それだけで充分じゃないか」

「吉岡君の〈寂しさ〉は、神無しでも充分に人生の痛みや哀しみになる」

とまだ思っていた。

一年目の卒業式の日、ぼくは前夜に家内が作った小さな四十枚の紙袋に（山上の学校の一学年は、一クラス四十人しかいなかったのである）、十円玉を一枚ずつ入れて彼女たちに渡した。

「なんですか、これ」

「君たちが卒業して、やがて恋人ができる。そしてもし、今夜どこかへ泊りに行こうと男の子に言われたら、そのとき、その十円玉でぼくに電話しなさい」

やだー、という声が教室に溢れ、ぼくは一瞬冷やかな視線にさらされた。なかには軽蔑の眼差しも混じっていた。どこかで、

「バイキン、バイキン」

と囁きあう声も聞こえた。

……しかし、本当に電話はかかってきたのである。

卒業式から何ヵ月かたった夏の初め、夜、家で電話をとると聞き覚えのある声がした。そして、告げられた名前からぼくは一人の生徒の顔をはっきりと思い浮かべた。『わたしが・棄てた・女』のなかの〈夕陽の光の束〉を読書感想文に書いた生徒である。

「電話しろって、あのとき言われたから」

とためらいがちに彼女は言った。

「どうしてですか、なんで電話しろって言ったんですか」

ぼくは反射的に聞きかえした。

「いま、どこだい」

そして不意に、予期しなかった気分に襲われるのに気づいた。つらさがじわじわと湧きあがってきたのである。ぼくは後悔していた。十円玉などなぜ渡したのか。たしかに彼女たちがそんな場面に遭遇したとき、ひとこと言ってやりたい言葉がないわけではなかった。……男の子と一緒にいるのか、もう、それはいい、ただ、赤ん坊だけはできないようにしろよ。だがそれも煎じ詰めれば、ぼくの低俗な好奇心だったのかもしれない。

「教えてくださいよ、なんで電話しろって……」

繰りかえされたその言葉にぼくは、ラブホテルの一室で男の目をぬすんで受話器に顔を寄せる生徒のかたちを思いうかべた。

「電話していて大丈夫か。いま、どこなんだい」

「どこって、決まってますよ」

「彼と一緒か」

しばらく沈黙があった。

それから……突然に彼女は笑いだした。

「そんな怖い声、ださないでくださいよ」

はじけるように明るい声だった。

「いま、ウチです。ホテルだと思ったでしょ、怖い声だしちゃって」

「あたりまえじゃないか、怖い声だよ。本当に自分のウチか」

「疑いぶかいんだから。ちょっとイタズラしちゃおうと思っただけです。で……センセイ、心配した？」


その最後の打診の仕方が気になって、その夜、ぼくは彼女の身に起こっている出来事を聞くことになるのである。

彼女には好きな男の子がいた。一つ年上で、付きあって半年だが、最近になって相手が性的な関係を求めはじめたという。はっきりと言葉にこそ出さないが、会話の端ばし、素振りに、それが感じられた。彼女はそうなることがイヤではない。むしろそうなりたいと思った。しかし彼女のなかの何かがそれを押しとどめた。悩んだ彼女はある日、母親にこう聞いた。


——お母さんは結婚前に好きな人がいた？

——そりゃ、もちろんいたわよ。

——お父さん以外の人で？

——そうよ。

——で、その人と何かあった？

——何か、って。

——セックス。

すると母親は笑いとばした。

——もちろんある訳ないじゃない、そんなこと。プラトニックに決まっているわよ。

その瞬間、彼女は思ったという。やっぱり母親には相談しても仕方がない。

「母が言ったのはウソかもしれませんけど、でも」と彼女は電話で言った。「やっぱり、いけないことなの？　ホントに好きでも、そうなっちゃダメなの？」

必死な感じが口調に出ていた。だがぼくにはこんな見当違いの答しか返すことができなかった。

「そういう関係になると、男は以前より余裕ができるし、女は以前より熱中しやすい。だいたいどちらかが優位になる——ということはあるね」

うーん、と彼女は一応は間をおき、

「ホントに、こんな悩んだことないですよ。いままでで一番……」

一番つらい、一番くるしい……という訴えがぼくには聞こえた。彼女はいま、ほかの若者ならあるいは簡単に渡ってしまうかもしれぬ橋の前で足をとめ、悩み、懸命にその先の道を見つめようとしている。それは少なくともぼくには無かった人生の美しい時間であった。ある外国の哲学者が言ったように、人は誰でも愛を知って生れてくる訳ではなく、生れながらに人を愛せる訳でもなく、努力なしにそこへは辿りつけない——だとしたら、それについていくら悩んだっていい。ガンバレ、ガンバレ……。

ぼくは心の底から声援を送りたかった。教室ではほとんど目立つことのなかった彼女が、そのとき、ぼくの胸のなかでは光を浴びたように輝いた。

だから電話の最後で彼女がこう告げてきても、もうぼくはつらい気分に陥ることはなかった。

「あの十円玉ですけど……、もしかすると、こんどはホントに使って電話をしちゃうかもしれませんけどね」

そして彼女は笑ってこうつけ加えたのである。

「でもセンセイ、私たちのみんなが、卒業して東京で生活するとは限らないんですよ。箱根から電話するのに、十円玉じゃ足りないじゃないですか」

おかげでぼくは翌年、四十枚ものテレホンカードを女房の作った以前より少し大きめの紙袋に溜息をつきながら詰めなければならなかった。

「加藤はもしかすると、教師に向いていたのかな」

と遠藤周作は言った。十円玉の顚末を報告したときだと思う。

向き不向きは別として、たしかにぼくは自分でも怖くなるときがあった。この調子で卒業生が増えていけば、おそらくぼくの生活は身動きできぬものになるだろう。しかし、そんなふうに生徒たちを受け入れられたのは、ぼくに三年という期限があったからであった。一生を教師として過ごすのならば、もっと違う、節度のある接し方をしたはずである。それでも遠藤周作はぼくのそんな浮ついた教師生活にも理解を示し、ある日には御子息を連れて箱根の山上までやってきてくれた。テレビ局に勤めはじめた遠藤龍之介氏は生徒相手に「テレビと社会」という講演までしてくれたし、遠藤周作は教室で女子高校生たちと弁当も一緒に食べた。その日は雑誌社までが撮影にくるという、学校はじまって以来の大騒ぎになった。

女子高へ通いはじめて二年ほど経ったある日、代々木深町の仕事場を訪れると、

「加藤、例の平均的日本人のインタヴューも終ったようだから、こんどはもう一歩踏みこんだ連載をやってみんか」

と言われた。

「どうや、タマネギに少しは興味が出てきたか」

「タマネギならいいんですが、復活とか三位一体となると、どうもダメです。でも……」

と言おうとして、やめた。本当に神がいたらいいだろうなとは、ときどき、かすかに思うことがあった。

「それでいいのや。誰かが言っとったな。九十何パーセントかの疑問と、残り何パーセントかの希望でいいって」

ベルナノスの言葉だったかな、とぼくは思った。

その晩、食事に誘われた。仕事場ちかくのタンシチューがうまい店だった。食事中、遠藤

周作はいちど席を立って電話をかけていたが、それはたいして長い時間ではなかった。

しかしその晩、ぼくが家に帰ると家内が玄関先に待ちかまえていた。

「どこへ行っていたのよ」

「先生にメシをご馳走になった。さっき電話で言ったじゃないか」

「ウソおっしゃい」

「何を言うんだ、一緒にタンシチューを……」

「さっき、先生から電話があったのよ。加藤はいるかって」

やられた、とぼくは思った。

「私が、先生から夕食をご馳走になるってさっき電話がありました、って言ったら、先生はさも慌てたように、ああそうだった、そうだった、って電話をガシャンと切ったのよ。……ホントはあなた、どこに行ってたのよ」

もう、いくら弁解してもはじまらない。

家内の尋問に悲鳴をあげかけたとき、だが電話が鳴った。そして受話器をとった家内の顔が徐々にほころんでいき、しまいには笑い転げる姿をぼくは見た。電話はもちろん遠藤周作からであった。

翌月、もう一歩踏みこんだ連載をやってみないかと言った話は、「あけぼの」編集部からの依頼で明らかになった。

「あなたはなぜカトリックになったか」というタイトルで、他宗教からカトリックに改宗した人びとの話を、信者でない立場から文章にまとめる。もちろん、ぼくは承諾した。

その年の遠藤周作からの年賀状は忘れられない。

〈昨年はよかったね。君がしっかりしてくれたのが、何より嬉しい。今年更に落ちついたら、本腰を入れて文学にとりくんだらどうだろう〉

「あけぼの」誌上での新たな連載「あなたはなぜカトリックになったか」がはじまり、ぼくはある日、森田順平さんを訪ねていた。当時、テレビの人気ドラマ「3年B組金八先生」で、嫌われ役の数学教師・乾《いぬい》先生を演じていた文学座の俳優さんである。

森田さんが語ったのは、初めて教会へ行ったときの不安と喜びについて——。

「うやまいながらも畏れはあって」

と森田さんは言った。つまり、教会はここに集まる人びとのためだけのもの——という戸惑いの意識が信者でない彼にはあった。

「ミサが進んで聖体拝領になったとき、横の人が教えてくれたんです。洗礼を受けていない人は聖体拝領は受けられないけれども、それでも神父さんの祝福は受けられる。だからみんなと一緒に並びましょう、と。ぼくは並んで、頭をさげていました。すると神父さんが祝福をくださった。その喜びはたいへんなものでした」

森田さんの話は、ぼくがしばらくまえから疑問に思っていたことの一つの答でもあった。教会での聖体拝領の時間、それがぼくは苦手だった。たとえばクリスマスのミサの終りちかく、聖体拝領のために信者の人びとが立ち上がって列をつくるとき、ぽつんと残されて儀式がすむのを待つ時間の、なんと長かったことか。

そのことをぼくは「あけぼの」に書いたのである。

「そうか、加藤はあの聖体拝領の時間がイヤだったのか」

と師走に入った頃、遠藤周作が言った。

「それで去年、俺がクリスマスのミサに誘ったとき、お前さんは断ったのか」

ぼくは曖昧な返事でごまかした。聖体拝領の一件は、もしかすると教会を避ける口実なのかもしれないとは自分でも気づいていた。遠藤周作はぼくにとってたしかに先生だが、その信仰にまで組み入れられたくない、という意識がどこかに渦巻いていた。オレはオレの世界で生きる、と力んでいた。そして、遠藤周作と生涯つき合うとしても自分は洗礼など受けることはない、と感じていた。……それに神さまは形式主義者ではないのだから、洗礼を受けようと受けまいとそんなことで差別はしないはずだ。

「今年のクリスマス・ミサではソプラノの東敦子さんが歌ってくれるそうや。どうだ、一緒に行かんか。車に乗せていってくれると助かるんだがな」

そう言われると断ることはできない。

「じゃあ、迎えに行きます」

とぼくは答えた。

毎年行くのは、乃木坂にある女子修道院である。例の雑誌「あけぼの」のシスターたちが毎日祈っている聖堂で、一般の人たちの姿が少ないためか、より荘厳な感じが強い。彼女たちはみな、黒い修道服に身を包んでいた。しかしそれを重苦しく感じなかったのは、クリスマスという特別な夜だったからかもしれない。なによりシスターたちの祈る姿が綺麗であった。チャペルのなかには、ザルに新聞紙を敷いて水を汲むと言ったシスターもいたが、ひざまずいた彼女の横顔も微動だにしない。

それはしかし、クリスチャンでないぼくにとっては、ある〈拒絶〉を感じさせる光景でもあった。大げさに言えば、あたりの静けさが彼女たちの祈る姿に引きよせられ、近づきがたい沈黙となって部外者を拒絶するといった感じであった。

その夜、ぼくは修道院のチャペルの最後列の椅子に、遠藤周作とは離れて一人で坐っていた。聖堂にはソプラノ歌手の東敦子さんのひときわ澄んだ歌声が流れていた。祈りが唱えられ、みなが聖歌を歌い、司祭の話があり、また東さんの歌が流れて、そして聖体拝領の時間がやってきた。チャペルのなかに人の列ができ、シスターの一人が、

「信者でない方もお並びください。神父さまの祝福が受けられます」

と言ったときにも、ぼくはなぜかそこへ並びたいとは思わなかった。

前のほうの席で遠藤周作が立ち上がるのが見えた。列へ加わるために、ぼくのいる最後列まで歩いてくると、順番を待ってしばらく立ち止まっていた。やがて列をつくる人びとが動きだした。

ぼくの背後を通りすぎるとき、遠藤周作はちょっと立ち止まった。そしてぼくの右肩に軽く手を置いた。

それは、二秒か三秒かの出来事だった。微かなぬくもりがあった。遠藤周作は何も言わない。しかしその手が離れたとき……それはちょうど肩から小鳥が飛び立っていくような感触なのだが、その瞬間ぼくのなかに止めようのない一つの願いが湧いてきたのである。理由はわからない。

その年の十二月、ぼくの「あけぼの」連載は終り、一冊の本になることが決まった。題名は『神さまを見つけた30人』。

一月に入って最後の校正を終えた夕刻、ぼくの机の横のファックスが鳴り、軋んだ音と共に用紙を送り出しはじめた。出版社からである。

〈遠藤先生が本のまえがきを書いてくださいました。急ぎ、お送りします〉

ぼくは息を詰め、ファックスを見つめた。そして、送り出される用紙をたぐるようにして、見馴れた小説家の文字を追った。

原稿には「伏線」とタイトルがつけられていた。神が張りめぐらした微妙で些細な、何げない伏線のことが書かれ、そしてこう続いていた。

〈やがて、ある切掛がくる。その時、息づいていた伏線は突然、意味をもち、動きはじめ、そして意味も価値もなく思われたものが全てつながり、形をなしてくる。（略）我々はやっとその時、今まで気づかなかったことに気づく。人生において邂逅した人や出来事。病気や罪。それらは皆、神に至るまでの大事な伏線だったのだ。

しかし、そのひとつ、ひとつを言葉で言いあらわす困難。自分の改宗を秩序だて整理して語るむつかしさ。信仰という思想ではない、思想をこえた心の動きを説明するのに人間の言葉はあまりに虚しく限界がある。

加藤宗哉はそれを知りながら、毎回インタヴューを重ねた。ここに語られた内容の間から神秘が、つじつまの合わぬものが、無意識が、表現できぬものが、洩れていることを百も承知で彼はともかくも神がいかに人間を捉えたかをこの人たちを通して探ろうとした。洗礼を受けていない彼がこの仕事をやりつづけていることに、私は深い関心とある期待を持ちながら眺めてきた。そしてその仕事が終ったあと、彼が何を言うかを待っていた。

その日がきた。加藤は私に言った。

「私も、洗礼を受けようと思いますが……」

それは彼と私とが夜のミサにあずかった去年のクリスマスのあとだった。神は加藤宗哉の人生のうちにも、微妙で、些細な、何げない部分に伏線をはっておられたのだ〉

第五章　男と女

木曽川を見つめる

遠藤周作と旅に出る。

以前は間断なくつづいていた会話が、知りあって二十年をすぎた頃から、変わった。無言の時間が多くなった。

たとえば朝、飛行場へむかう車のなかで、

「きのう、夜中にいちど眼が覚めたら、そのあと眠れなくなった」

それだけ言って眼をとじる。だが眠っていないのは、しきりに体を動かしていることでわかる。ときどき眼をあけて外を見たりしているが、何も言わない。体調でも悪いのかと案じたが、ただ睡眠が不足しているのだという。

以前なら、そういうときでも、しゃべった。持ちまえのサービス精神を発揮して、相手を笑わせた。

「けさ、ベッドのなかで死んだマネをしてやったんだ。順子が起こしにきて、あわてておった。オモロイぞ、やってみんか。しかしな、死んだマネというのも疲れる。とにかく腕をだらりとして、息も止めて、じーっとしてなくてはいかん」

しかしそれが徐々に変わった。睡眠が足りないとき、疲れがたまったとき、考え事をするとき、黙るようになった。眼をとじ、あるいは宙の一点を見つめて表情を固まらせるようになった。

遠藤周作が小説の取材先で黙りこむのはもちろん何かに思いを馳せているときである。遠藤流の取材は風景のなかに登場人物の背中を思い浮かべる。登場人物を歩かせ、つぶやかせ、主人公の眼にうつる風景をやがて小説家が捉えなおす。

〈城を訪れるたびに私は感傷的になる。しかし感傷だけではなく、もうひとつの表現したい感情に捉われる。その感情とは——おそらく小説家の気持なのかもしれぬが——そこに生きた人々を自分の上に重ねたいという心である〉

(『切支丹の里』)

しかし旅を重ねるうちに気づいた。本当に深く風景に嵌まりこんだときは、黙りこまない。鼻歌をうたうのだ。

それは最初、スローテンポではじまる。童謡だったり、古い歌謡曲だったりする。

——えーさ、えーさ、えさほいのさっさ……。

言葉はない。リズムだけだ。お世辞にも上手いとは言えない。上顎を舌でなぞるような感じで鼻にかかったダミ声を洩らす。それが徐々にテンポを速め、ズボンの膝を指先がこまかく叩きだしたら、もう何かのイメージを摑んだときである。登場人物の視る風景が胸のなかに焼きつけられたときである。こうなってはじめて鼻歌は止む。

また、風景を長い時間かけて眺めないというのも、遠藤流取材の特徴と言えた。

歴史小説『男の一生』執筆時、名古屋周辺の小さな村々を幾度となく訪ねたことがある。織田信長や豊臣秀吉にも関わる新資料『武功夜話』が発見され、そこに登場する屋敷や神社、合戦の跡地などを見て歩いた頃のことだ。訪ねるのはたいてい、石碑や立札もない歴史に埋もれた場所だから、地図だけをたよりに車で何時間もかけて探しまわる。ようやく訪ねあてて車を降り、おそらく小説の舞台となるであろう屋敷の跡に立つ。たとえば愛知県江南市小《こ》折《おり》町、生駒《いこま》屋敷跡。『武功夜話』によれば、この生駒屋敷で信長は藤吉郎（のちの秀吉）を知るのだが、それはこの屋敷に信長が愛した女・吉野《きつの》が暮らしていたからであり、小説としては重要な場所になる。

ところが、そんな屋敷跡でさえ五分とは立っていない。時間を測ればおそらく三十秒か一分か。ぐるりと辺りを見渡し、踵をかえして、

「さあ、行こうか」

と、もう引きあげていく。

興味が湧かないのか、失望したのか、と首をかしげたが、あとで小説になった文章を読むと一帯の風景は綿密に描写されているのである。

また、半日かけてたどりついた浅井《あざい》長政の最期の地・小谷《おだに》城の山上に立ったときもそうだった。長政の妻お市は、城を取りまく兄信長の軍勢をその山上からおそらく見つめていただろう。そういう場所にもかかわらず、一分と立っていない。

「どうしてなんですか」

ぼくは聞いた。

「いつもじっくり見ないのは、なぜですか」

「丹念に見るとだね、かえってイメージが湧いてこない。だから、一点だけ見るのや。たとえば一本の大きな木とか、農家から立ちのぼる煙とか、山にかかっている雲とかさ。それだけ眺めて、あとは見ないようにする。そのほうがイメージが湧きやすい」

そう言えば普段から思い入れたっぷりに物や風景を眺めることはほとんどしなかったが、じつはこの話に関してぼくは後になって阿川弘之著『志賀直哉』に類似のエピソードを読んだ。近ごろ絵ばかり描いている、と言う志賀直哉が、訪ねて来た桜井勝美（『志賀直哉の原像』の著者）に語ったという内容である。

〈眼のたちなんだけど、僕はテーブル・クロスの皺でも何でも、あまり細かなところまで見えてしまふもんだから、絵を描く時それが困る、そのために失敗するね。あのバルト（註・スイス人画家ポール・バルト。志賀家の壁にバルトの絵が掛けてあった）の林檎を見てみ給へ。ディテイルはそんなに描きこんでゐないよ。それでゐて、ふくらみも陰翳もちゃんと出してるからね。梅原（龍三郎）がやはり、見え過ぎる方で、最後の肝腎なところは眼をつぶつて描き上げると言つてたよ〉

これを読んでぼくはふと、「正直言うと、志賀直哉というのは俺まったく読んだことがないのや」という言葉を思いだしたのだが、それだけに余計、〈見つめること〉をめぐる両者の符合には興味深いものがあった。

ただ、遠藤周作には『男の一生』取材時、唯一じっと見つめた場所がある。

木曽川――。

この川には何度も行ったが、朝に夕にじっと眺めた。『男の一生』の最後の行はこうなっている。

〈物語は終り、今は黄昏、私は川原に腰をおろし、膝をかかえ、黙々と流れる水を永遠の生命のように凝視している〉

大げさな言葉は嫌っていただけに、凝視という二文字は眼をひく。

取材に同行してぼくが初めて木曽川を見たのは、愛知県犬山城近くからだった。まさに〈滔々と〉という言葉がぴったりの盛んな流れだった。その犬山から少し上流へ行くと、深い谷の底に、水は青色の硬い線を描いて強く走っている。男のイメージとしての木曽川がそこにはあった。

しかし犬山からくだると川の流れは次第に緩やかになり、広がる川原には葦がそよぎ、光が充ち、小鳥が水面をかすめる。なかでも犬山からわずかに下流、水が二つに分かれて川中に大きな洲をつくる旧・松倉村からの木曽川は絶品であった。豊かな水が音を消して流れる。底が浅いためか流れは少し早まり、ところどころに白い波がきざまれ、微小な泡の光が揺れる。『男の一生』では、「小針をまき散らしたように」と描かれる光る川だ。その川中には小石を敷きつめたような川床が浮きあがり、葦が密生している。

『男の一生』の主人公は秀吉に仕えた武将・前野将右衛門だが、作者がこの主人公の「心の故郷」に木曽川を選んだのは言うまでもない。そこに「命をつつむ母」のイメージが重なるからである。


〈……（取材の後）いつも戻ってくるのは木曽川の岸辺だった。私の小説のモデルになったそれぞれの群雄や人々が既に他界して長い歳月がたっているにもかかわらず、彼等が踏

んだ石も河の流れも白い逆波も、消えず、滅せず、流れつづけている〉

（「『男の一生』を書き終えて」）

消えず、滅せずという永遠のイメージはやがて『深い河』におけるガンジス河の「大いなる命」へとつながっていくのだが、こうした川への思い、見つめ方は『男の一生』以前には気づくことがなかった。それまでは川よりもむしろ海だった、と思う。

たとえば九州の南で太平洋に出会うと、

「いいなあ。こういう暖かでのんびりした海を見ていると、東京に帰るのがイヤになる。なあ、そう思わんか」

と言った。

「そうですか、ぼくはちっともいいとは思いません。太平洋より、冬の日本海のほうがよっぽどいいですよ」

すると眼を丸くして、

「お前さんは日本海のほうがいいか」

「問題になりません」

「どうにもクラいなあ」

と、どこか興醒めしたように海へ背をむけたことがあった。たしかに遠藤周作は温暖な海が好きなのだが、その海にじっと向きあう姿に出会ったことはない。

遠藤流の言い方を真似るなら、おそらく海は〈人生〉ではなく〈生活〉だった。かつて、九州の水俣の海について、あれは水俣の人びとにとっては自分がそこから生れそこへ還っていくところだから重要なのだと言ったことはあるが、少なくとも遠藤周作自身、海へ人生をうつしこむことはできなかったはずだ。

その点、川は人生そのもので、木曽川もガンジス河もそうだった。そこにはやはり人生と、人生を包む母親のイメージが重なる。よく、海は母親だというが、遠藤周作の場合は川が母親のイメージをうつしこんでいた。海には、『沈黙』にしても『海と毒薬』にしても、つねに無気味な感じがつきまとう。

ところでその木曽川を並んで眺めていたとき、こんな言葉を聞いた。

「俺は最近、織田信長というのがちょっとイヤになってさ」

昔はたしかに信長を気に入っていた。あの時代から日本史は世界史のリズムで動きだしたからだ、とよく言っていたが、信長の持つ西洋への好奇心と、近代性、天才的なひらめき、決断の速さ——それらの特性はまた遠藤周作が持っているものでもあったから、学生の頃のぼくは、

——遠藤周作は織田信長だ。

と思ったこともあった。加えて、烈しい怒り方も、怒りだしたらどんな言い訳も通用しな

いところも信長を彷彿とさせたのである。それだけに、信長がイヤになったというそのときの言葉は印象に残った。

「信長というのは、人間を機能でしか見なかった男だ。役に立つか立たんか、それだけだろう。そして役に立たないとなると、残酷に捨てる。そういうところが、最近たまらなくイヤになるときがある」

それでも、あえて推測を記せば、遠藤周作は信長を完全に拒否したわけではなかった。人間を役に立つか立たないかではかる機能主義は嫌っても、信長という人物が背負った悲しみは無視できなかった。遠藤作品に登場する信長は「母親の愛情に薄く育った男」というカゲをいつもどこかに引きずっている。つまりその不幸ゆえに、たとえ信長がどんなに冷徹な機能主義者であろうと完全には否定することができなかった。母親に関する不幸――それこそが遠藤周作の場合、すべてに優先した。

木曽川の畔《ほとり》にある宿で、夜、二人で酒を飲む。例によって話題は遠藤周作の突然の問いかけから生じる。

「お前さんは今、何人の女と付き合っとる」

「二人です」

「それはイカンな。……五人にせい」

「はあ」

「いちばんイカンのは一人や。それだと集中する。まあ五人なら大丈夫や」

もちろんここで言う「女」とは、誘えばいつでも食事くらいは共にできるという程度のものなのだが、それにしてもどこから五人という数が出てくるのか分からない。あるいは、月火水木金ということか……。

「先生はいま何人ですか」

「五人以上はいる。これなら集中せずにすむ」

四十代五十代はもちろん、還暦をすぎてからもたしかに遠藤周作のまわりには多くの女性たちがいた。夕刻まで仕事場で原稿を書き、後はたいてい外出していく。対談とか講演、勉強会の場合もあるが、とにかく誰かと会うために出かけて行く。その女性たちとは、ぼくもいちどは会ったことがあるが、それにしても新陳代謝というか、パートナーの移り変わりは目覚ましかった……などと思っていると、

「しかし……俺は自分の付き合っとる女性をみんなお前に紹介したが、お前さんはホンマに秘密主義やな」

ぼくは慌てて、

「そういう訳ではなく、まさか、いちいち会っていただく訳にも。……でも」

と話をもどした。

「先生の選ぶタイプは、だいたい同じですね。みな天真爛漫タイプ」

それは以前から思っていた。みな口を大きくあけて笑い転げるのが似合う女性ばかりで、頬に翳さすタイプなど一人としていない。

「そうやな、それは言える」

と妙に鼻にかかった声をだして一度うなずき、それからもう一度深くうなずいて、そのあと予想外の言葉が返ってきた。

「おれはまあ、女運には恵まれているやろうな。母親やカミさんを含めて、とにかく悪い女に捕まったことがない。悪い女に会ったことがないのや」

ぼくは思わず笑った。

「なんや、そう思わんのか」

「いや、……母親というのも女運に入るんですか」

「当たり前や。違うか」

返事に困る。入るというのならそれでかまわないが、ぼくはもちろん御母堂については知らないので何も言うことはできない。ただ夫人についてなら、大いに思い当たるところはあった。たとえば、こんな夫人の言葉。

——わたしは主人のほうを九十九パーセント向いて、息子へは一パーセントしか向かなかったから、よく息子が言うの。これでよく自分は不良にならなかったって。

そんな妻を持つ夫が、運の悪かろうはずない。

しかしまあ、御母堂や夫人は別格として、「女運に恵まれている」という台詞《せりふ》も考えてみれば、まんざら説得力がないわけでもなかった。それまでにぼくは遠藤周作の多くの女友達を眺めてきたが、誇張ではなく、イヤな女、危険な女は一人としていなかった。その点ではさっきの言葉も間違いではないのだが、ただ「女運に恵まれた」というのはいかにも大げさである。第一、遠藤流の付きあい方では女も悪くなりようがない。

「やっぱり、男女の付きあいにしない、というのがコツでしょうか」

そう言うと、軽くうなずき、

「まあそれだけもないが」

と言葉尻を濁した。

「たしかにみんな共通していますね、邪気がないというか悪気がないというか、そういう女の人ばっかりで」

総じて、多少の自己顕示欲は目立つにしても、いったいに彼女たちは無防備なほど明るかった。天真爛漫というか、思うがままに振るまってそれが嫌味とならない女性が多かったし、遠藤周作もまたそういうタイプを好んだ。

「しかし不思議なのはですね。なかにはちょっと危険な感じの人もいるんですけど、先生といっしょにいるときには、彼女はその危険な感じを少しも出さないんですね。出さないというより、出ないというんでしょうか」

「あのな、付きあう相手の善良さや明るさを引き出すタイプと、そうでないところを引き出すタイプと二つあるのや。相手の烈しさや暗さばかり引き出すタイプの人間もおるやろ。その女《ひと》がいいか悪いかは、もしかすると彼女自身の問題じゃなく、こっちの問題や」

そういうことなのか。烈しさや暗さは引き出さない。相手にそれが無いのではなく、要は引き出さないようにすることなのだ。

「ずっとそうでしたか、若いときから」

「いや、フランスにいた頃はそうじゃなかった。……これでも、苦労したのよ」

と、そのときだけ余り上手くない役者のように鼻の下をのばして、その話題は終りになった。


決して男と女の関係にはしないという遠藤流の付き合い方――それを考えるとき胸に浮かんでくる一つの光景がある。

あれはまだぼくが学生で「三田文学」の走り使いをしていた頃、どういう訳で編集長遠藤周作と二人だけでいたのか、なぜそんな場所で時間を潰さなければならなくなったのかハッキリしないが、夏の午後、都心のホテルのカフェテラスで一杯の冷えたビールをご馳走になりながら、次の用事までの短い時間を過ごしたことがある。そのテラスからは、ホテル専用の屋外プールが見下ろせた。夏の終りで、プールサイドには陽に焼けた男女の姿が目立っていた。

それを眺めながら、

「ええなあ」

と、しみじみと言ったのである。

「あんなふうに裸になって、泳いだり、陽を浴びたりできたら、ええなあ」

おそらくそのときぼくは、無神経にも尋ねたのだと思う。どうしてですか、とか、泳げばいいじゃないですか、とか。

すると遠藤周作はあっさりと答えた。

「おれは、ここに大きい傷があるからな」

自分の背中を指でさした。

三十代の終りに肺の手術を受け、片方の肺と何本かの肋骨を失くしていたことは当時のぼくも何かで読んで知っていた。しかし当然思い至ってしかるべき傷痕に、ぼくはそのとき想像が及ばなかったのである。

背中の傷について口にしたのは、後にも先にもそれ一度きりだった。三十年にわたる日々のなかで、もちろんぼくは肌着を脱いだ遠藤周作の姿は見たことがない。しかしあの日以来、ぼくは相手の洋服のしたに大きな黒い傷跡をいつも見つづけてきた気がする。遠藤周作が精力的で健康的であればあるほど、それは強く意識された。同時に、人前で裸になれぬと制約された人生が、たとえばぼくの人生と一体どのように違うのかについても考えなければならなくなった。

もっとも、そのことが「男女の付き合いにはしない」という主義と深く関係する問題だと言うつもりはない。ただ、遠藤周作の男女の交際について思うとき、余りに短絡的だと自覚しつつも、どうしてもあの日のプールを見下ろしながらの言葉が胸をよぎる。

要は、肉体の問題ではなく精神だとは分かっている。おそらく背中に傷を負っていなかったとしても、こと女友達に関するかぎり、男女の付き合いにはしないという人生を選んだのだと思う。

ずっと後になって――それは遠藤周作が亡くなり、一周忌もすぎた頃、ある食事の席でぼくは遠藤夫人からこんな話を聞いた。前夜、夫人はフランス留学時代の夫の日記を読んだのだという。その日記の終りには、胸を病んで帰国を余儀なくされた遠藤周作が、留学の最後の思い出にフランス国内を旅行したことが記されていた。その三日間の旅行には、ひとりの若いフランス人女子大生が同行していた。彼女と共にパリからリヨン、そして日本への船が出るマルセーユへと向かう。その三日間、二人は同宿していた。しかし、何事もなかった……。

「結婚まで考えていたようですけど、まだ若すぎる相手をいまは守り通したい、と主人は思ったんでしょうね。そしてとうとう守り通したの」

夫人からそう聞いた日、レストランのぼくらの食卓にはブイヤベースが載ることになっていた。先生を偲んで、先生が好きだったブイヤベースをみんなで食べようというのがその日のテーマだったのだが、まだ定刻には少し早く、客席には夫人とぼくしかいなかった。だからかもしれない。夫人は話の最後に、ちょっとおどけたように眼をまるくしてこうつけくわえた。

「じつは日記を読んでいたら、マルセーユでね、その恋人と仲良くブイヤベースを食べているの。今日、これからブイヤベースをいただくことを考えると、心中穏やかでない感じもないことはないわね」

しかし、夫人の表情はあくまでも晴れやかで、夫への信頼に満ちあふれていた。


もしぼくが遠藤周作とはどんな人かと訊かれ一言で答えるとしたら、迷うことなく、

――融通がきかぬほどに真面目な人だった。

と答える。

ぐうたらとかホラ吹きを標榜していたが、根は癒しがたいほどに真面目だった。そしてその真面目さを誰よりも扱いかねていたのは遠藤周作自身だった。怖いほどの真面目さが相手を堅苦しくさせるということもある。しかしそれに自分自身が怯えるということだってあり

うるのだ。そこで剽軽、滑稽の風をよそおう。それも懸命によそおった。

たとえば――。昔、遠藤周作が好んだ話題にウンコ・オシッコの話がある。酒を飲んだときは特に激しく、若い女の子にむかって「肛門のシワは何本か、知っとるか」「ギョウ虫の哀しみがわからんかなあ。夜、肛門から出てきて、ドジョウが出てきてコンニチハや」「君はウンコをしたあと前から拭くか後ろから拭くか」などと言い、果ては「秋の暮クソする犬の顔かなし……名句やなあ」としみじみとした表情をつくってみせた。四十代から五十代初めの遠藤周作は、とにかくその種の話を際限もなく繰りかえしていた。しかしぼくはあるとき気づいたのである。それは銀座のバーに生れて初めて連れていってもらった晩――、店の女の子たちに囲まれた遠藤周作はそのときも得意の下ネタ話を連発した。それが速射砲のように止まない。まるで何かに駆り立てられたようにウンコ・オシッコの話をつづける。客席の隅から見ていると、よくあれで疲れないと思えるほどだった。それはサービス精神などという言葉をはるかに超えた奮闘ぶりだった。だがそのときぼくは不意に思いだしたのである。猥談《わいだん》は好かんからな、といつだったか聞いたことを。……たしかに、ウンコ・オシッコの話をしていれば猥談は避けられる。

しかしそうだとしても、なぜあれほど懸命に頑張らねばならないのだろう。

その夜、バーを出て、

「どうしておれがサービスしなくちゃならんのだ、まったく逆やないか」

とぼやいていたが、後ろから見るその肩は気のせいかひどく疲れきっていた。
遠藤周作の懸命のサービス精神、あるいはおどけ振りについては、多くの人びとが書いているが、いまもっともぼくの印象に残っているのは、林真理子さんの書いた文章である。

〈私は先生に何か痛々しさを感じていたのも事実である。この方は笑いとか馬鹿馬鹿しさといったものを、必死で自分のものにしようとしているところがあると私は思ったことがある。凡庸な人間、これといった力も才能もない人間というのは、生まれながらにして何ともいえないおかしみをもっているものである。が、現代文学を代表する作家といわれ、名声も地位もかち得ていた先生が、そうしたおかしみを追求しようとするのはいかにも不思議なことであった〉

（「文學界」追悼・遠藤周作）

林さんのいう「痛々しさ」は、ぼくも常づね感じてきたものだ。癒しがたいほどに真面目な自分を、どうしたら他人から隠すことができるか。真面目であることによって生ずる相手の困惑を、どうしたら避けることができるか。遠藤周作が選んだのは、滑稽をよそおうことである。だからこそ懸命に、必死に、ふざけた。そこに痛々しさが伴うのは仕方がなかった。
そういえば、林さんについて、いつだったか遠藤周作がこう評したことがある。
「あの人は自分を滑稽化できるからな。そこがええのや」

滑稽化する痛々しさを、だからこそ林さんは見抜けたのだろう。

さて、遠藤周作はとびきりの真面目人間だと書いたが、それに関して妙な記憶がある。面白いもので、真面目である人間が、大いに真面目な人と出会ったりすると、調子が狂うものらしい。女優の吉永小百合さんの場合である。

遠藤周作の女優好きは知られるところで、昔、俳優をめざして松竹映画を受け、その試験に落ちて以来、女優への崇拝はいかんともしがたいものになったと自分では書いているが、俳優をめざして、というのは独特の誇張とサービス精神のあらわれで、現実には助監督試験を受け、最終の身体検査でハネられたというのが事実だと、当時の面接官をつとめた映画監督から聞いたことがある。おそらくすでに胸にカゲを持っていたのだろうが、そんなことは一切触れずに、落ちたことだけを強調するのがいかにも遠藤流である。

女優と会っているときの遠藤周作は上機嫌であった。下調べと、突っ込みとユーモアでいつも相手を笑わせ、座は盛りあがる。

ところがあるとき気づいたのだが、吉永小百合さんのときだけ妙に調子が出ないのである。いつもと違って、遠藤周作という小説家が大人しい。借りてきたネコと言うと大げさだが、普段の突っ込みとユーモアが出ない。したがって笑いも少ない。たまに笑いが起こっても、それはどこか上流階級のパーティーで見かけるような、あくまで気品と節度にみちた微笑なのである。そして話の内容も、映画論、女優論といった堅い感じになってしまう。

「吉永くんはマジメやからなァ」

と対談後、弁解するように言ったが、明らかに自分と同質の人間をまえにして困り果てているという印象が強い。

最後に吉永小百合さんと対談したのは、亡くなる七、八年まえだったろうか。そのときぼくはたしかに見たのだ。遠藤周作の前に出された料理が、ほとんど箸もつけられぬまま残され、吸物、焼物、煮物が冷たくなったまま、いつまでも置かれていたことを。他の対談ではまず絶対にそのようなことはなかった。第一、遠藤周作は対談をしながらでも料理をスマートに平らげる天才だったのだから。もっとも、普段の調子が出なかったのには別の理由も考えられる。つまり、得意の対談でも緊張してしまうほどの吉永小百合ファンであった、ということだ。


女優といえば、三田佳子さんがこんなことを言ったのを憶えている。これはずっと昔、ぼくがまだ学生の頃の話だ。

「遠藤さんは絶対に浮気なんかできませんよ。浮気をしそうになっても、きっと最後の大事なところで、アッ、君のパンツにはウンコがついとる、なんて言いそうだもの」

三田さんはおそらく遠藤周作ともっとも気があう女優の一人であったが、さすがにうまく言いあてたと思う。そう、遠藤周作はたしかに、その種のスキャンダルは起こそうとしても起こせない、とびきりの堅物なのである。

それを疑ったのは、ただ一度だけ――。

ぼくの知人に、都内の小学校に子供を通わせている母親がいた。その母親があるとき、ぼくに言った。

「遠藤周作さんの子供が、うちの学校にいます」

そんなはずはない、とぼくは説明した。子供は息子さん一人で、彼はもう立派に成人している。何かの間違いだ。

「そんなことはないの。その子は遠藤クンといってね、自分でもボクの父親は有名な小説家だと言っているの。だからＰＴＡでも評判よ、遠藤周作には隠し子があったって」

ぼくは迷った。報告すべきか、どうか。この手の話は迂闊には切りだせないが、もし濡れ衣《ぎぬ》ならば放っておく訳にいかない。

ひと月迷って、結局ぼくは打ち明けた。

「ナニッ」

と顔色が変わった。しかしすぐに、

「冗談じゃないぜ、お前さんはそんなことを信じたのか」

「ぼくが信じたかどうかじゃなく、ＰＴＡのお母さんたちが信じているんです。これは問題です」

「たしかに問題だ。大問題だ」

と頭をかかえ、

「俺にはそんな隠し子などおらんよ、信じてくれよ、絶対におらん」

しかしそのうちに膝をたたいた。

「わかった、わかったぞ。あの人や」

逸《はや》る感じで説明したのは、一人の小説家のことだった。かつて親交のあった年配の人気作家だが、数年まえに世を去っていた。その小説家が昔付き合った女性の名が〈遠藤〉という姓だった——と思い出したのである。

「間違いない、あの女性の子供だ」

それなら、父親が小説家だというのも理解できる。

「だけど先生、小説家で遠藤といえば、ほかにはいません」

「弱ったなァ、どうしたって俺だと思われる。まさかボクではありませんと、その学校へ乗りこむわけにもいかんし。かといって、知ったからにはこのままにもできんし」

「ぼくが言っておきましょうか。そのことを教えてくれた母親に」

「いや、待て。それを言って本当のことが知れたら、傷つくのはその子や。……しかしなあ、このまま俺が濡れ衣を着るのもイヤだなあ」

結局、何もできずにこの一件はそのままになったが、まもなくして真剣な顔でこう言った。

「加藤に頼みがある。もし俺が死んでやな、また隠し子の話などが出てきたら、そのときはお前さんが必ず否定してくれ。俺に隠し子など絶対にないのだからな、いいか」

心配は無用です、とぼくは心のなかでつぶやきつつ、一応は笑ってうなずいた。

第六章　母との契約

樹座版『椿姫』のフィナーレで、演出の松坂慶子さんと

遠藤周作にひきいられた劇団樹座《きざ》は創設以来二十一回の公演をおこない、一九九七年十月の「遠藤周作座長追悼・解散公演」で二十九年にわたる歴史を閉じた。その樹座について書いておきたい。

樹座は素人劇団である。だから誰でも参加できた。条件はただ二つ。プロでさえなければいい。二十歳以下でなければいい。

演技や踊りに自信はなくても、またどんな音痴でもかまわなかった。それでも一生に一度くらいは大劇場の豪華な舞台に立ち、満員の観客の野次と笑い、そしてできれば割れるような拍手を浴びてみたいという人のために、樹座はあった。

キャッチフレーズは、

——生活ではなく、人生を愉しむ。

ぼくが樹座に入ったのは、大学四年のときである。まだ樹座ができたての時代で、当時は新宿の紀伊國屋ホールでシェイクスピア劇に挑んでいた。

第一回公演は『ロミオとジュリエット』で、そのあとが『ハムレット』、そして『真夏の夜の夢』。格調たかいはずのシェイクスピア悲劇は、次々と主役が交代する遠藤プランと、真面目なだけが取柄の素人役者たちの手にかかると、なんとも無惨な芝居となった。いつのまにか悲劇は喜劇と化し、観客席には野次と笑いが巻きおこった。

「やるひと天国、見るひと地獄」

とは座長が作ったキャッチフレーズだったろうか。いや、もしかすると座付作者の山崎陽子さんかもしれない。

しかし、「見るひと地獄」にもかかわらず観客席がつねに満員なのは、座長の奇抜なアイディアと巧みな宣伝力、そして強いてあげれば、素人役者たちが自分の滑稽さに気づかず、ひたすら真剣に演じていたためであった。緊張のために台詞《せりふ》を忘れ立ちつくす者、相手の台詞を飛ばしてしまう者、そのたびにプロンプターの声が舞台の両ソデから飛びかい、客席からは「お父さんガンバッテーッ」と家族の絞りだすような声があがった。

その後、樹座はシェイクスピア劇と別れてオペラ、ミュージカル路線へと転換したのだが、これもやはり座長の先見の明に違いなかった。とびきりの音痴の絶唱や、お世辞にも運動神経に恵まれているとは言えない中年男たちのジャズダンスは、観客を大いに勇気づけた。

「あれならワタシにもできる。来年はぜひ参加したい」

座長のアイディアはとどまるところを知らず、その後の樹座は、二度にわたる海外公演も成し遂げてしまった。それもニューヨークとロンドンという世界の檜舞台である。雑誌「ニューヨーカー」は二ページにわたって樹座の特集を組んだし、ロンドンっ子たちも劇場のまえに長い列をつくって日本の素人オペラに眼をシロクロさせた。こうなると座員たちはもう、「世界一の素人劇団」という座長の言葉を本気で信じはじめていた。

樹座が東京で大劇場に進出したのは、ずっとのちの第十六回公演からで、場所は青山劇場である。その翌年からは人気女優や人気作家を演出家として招き、第十七回『椿姫』では松坂慶子さんに、第十八回『クレオパトラ』では林真理子さんに演出を依頼した。そして創立二十五年を迎えた一九九三年、樹座は念願の『オーケストラの少女』を上演した。舞台は東京青山劇場。

かつてディアナ・ダービンが主役を演じた映画『オーケストラの少女』は、ひとりの貧しい娘が父親とその仲間の失業者楽団をなんとか世界的な名指揮者ストコフスキーに聴いてもらいたいと奔走し、ついに夢をかなえる物語なのだが、当時中学生だった座長は、主演のディアナ・ダービンに夢中になり、ブロマイドを買い集めては授業中にため息をついた。その一方で、持ち前のユーモア精神を発揮し、

「ダイアナ（大穴）ダイベン（大便）の、オオケツ（大尻）トラの少女」

と書いた紙を友達に見せまわって得意になっていた。『オーケストラの少女』は座長にと

って、いわば思い入れの深い作品だったのである。

樹座版ミュージカル『オーケストラの少女』には、その年、豪華なスタッフがそろった。演出は女優の名取裕子さん。舞台装置は、樹座の顧問でもある妹尾河童さん。そして振付けはジャズダンスの第一人者、名倉加代子さんだった。さらに黛敏郎さんがプロのオーケストラ「東京シティ・フィルハーモニック管弦楽団」を率いて指揮にあたり、同時に指揮者ストコフスキー役も演じた。

――プロしか使えない大劇場で、とびきり豪華なスタッフがつくりあげる舞台。そこに素人の人たちに立ってもらう。

というのが座長の願いだったから、そんな贅沢な顔ぶれとなったのである。

それにしても、この年の樹座にはスタート時からちょっとした異変が起こっていた。樹座はいつも公演のたびに新座員を募集するのだが、たいていオーディションの倍率は四人に一人といった感じだった。ところがその年は、応募者が三千人を超えたのである。これは座長が朝日新聞の連載エッセイ「万華鏡」のなかで、

「私と遊びませんか」

と座員を募ったからなのだが、それに応じてきた三千人を仕方なく抽選で四百人にしぼった。そしてもちろん座長も参加して面接を行い、結局六十人を新座員にえらんだ。つまり、

競争率は五十倍だったことになる。

そのオーディションの日、会場となった赤坂見附のホールに一人の小柄な女子学生があらわれた。彼女は自分のボーイフレンドが受けとった「抽選合格」のハガキを持っていた。そのハガキで自分が面接を受けに来たのである。

「ゴメンナサイ」

と彼女は明るく詫び、

「私は抽選に落ちたんですけど、友達が合格していたんです。どうしても樹座に入りたいのは私だから、ハガキを譲ってもらって受けに来ました。抽選だったのなら、かわりに私がオーディションを受けてもいいかと思って」

それを聞いて、審査員席の座長は笑いだした。前代未聞のケースだが、彼女の言うことにも一理あった。

「どうしましょう」

ぼくは座長をうかがった。

ところが、このあたりがさすがに遠藤周作の樹座である。

「オモロイやないか」

ということで彼女は合格し、赤いレオタードを着る樹座ラインダンサーズの一員となったのである。

ちなみに、ラインダンスは樹座の名物で、いつも名倉加代子さんの指導を受けて、下は二十歳から上は八十歳をすぎた女性まで、総勢七十名ほどがとりどりの形の脚を跳ねあげる。樹座にはとにかくいろいろな年齢の人たちが集まる。

稽古期間はいつも一ヵ月と決まっていた。といっても平日はみんな仕事があるから、集まるのは土曜、日曜だけである。だから稽古日数は全部で十日に満たない。その短い期間で芝居の台詞はもちろん、歌やバレエやダンスを覚えなければならないのだから大変だ。みんな必死の形相で、汗を流してがんばる。しかし稽古が終ると、夜の居酒屋やビアホールには樹座の役者たちが肩を寄せあって気炎をあげている。飲んで笑って一日の疲れを癒している。

「いいですなあ、樹座は」

と、さっきまでジャズダンスと格闘していた七十三歳の男性がぼくに言う。

「ふだんは知り合えない人と友達になれるし、若いお嬢さんたちも優しくて。……幸せですわ」

その横で若い女の子が、彼の皿に焼鳥を取ってあげている。彼女は大学三年生、二十になったばかりである。芝居では主役の少女パッツィを演じるが、いまは彼の孫のように見える。

そういうときぼくは、

「樹座では生活でなく人生を愉しもう」

と言った座長の言葉を思い出すのだ。

「役にも立たぬことの集積が人生をつくります。すぐ役に立つことは生活しかつくらない。生活があって人生のない一生ほどわびしいものはないでしょう」

ところでぼく自身は、学生時代は別として、以後はずっと裏方をやってきた。人にはそれぞれ向き不向きがあるようで、ぼくは表に出るより裏で動きまわるほうがどうやら性に合っていたらしい。樹座で遊ぶというとみんなは舞台で演じることをイメージするが、裏方として動くのもやっぱり遊びで、それが結構たのしいのだ。

そんなことを座長に告げると、

「お前さんはクラいなあ」

とそのときも苦笑されたが、裏方だけで不満はないかとか、たまには出たらどうだなどと言われたことはない。そのかわり『樹座版ミュージカル・クレオパトラ』では、上演台本まで書かせてもらった。

いつも座長から指示をうけて稽古場を確保し、日程をつくり、制作の打ち合せをし、座員たちに連絡をとる。段取りが遅くて怒鳴られたことは数えきれないが、忘れられないのは、すべてが終った後の裏方としての不思議な感慨である。

一日だけの公演がハネると、座員たちは素早く衣裳を脱いでメイクを落とし、打上げの会場へと急いでいく。ぼくは人の消えた楽屋をまわり、忘れ物を点検し、最後にスタッフ・ル

ームの電気を消してドアに鍵をかける。少々キザに言えば、その鍵の音が無人の廊下にひびくとき、

「終った」

と感慨がこみあげてくる。

それを噛みしめながら打上げ会場へとむかうのだが、そこにはすでに賑やかな声と、グラスがぶつかる音もひびいている。泣いている女性座員もいる。たった一ヵ月だったが、会社や学校では知りあうこともない人びとが出会い、友達になり、馴れない稽古でクタクタになり、やがて満員の劇場でスポットライトを浴びて足も震えるほど緊張し、拍手を浴び、そしてみんな終った。

「あしたから、どうすればいいの」

と誰もが言う。

「どうやって過ごしたらいいの」

座長はそういうとき、たいてい隅のソファーに坐り、少し笑みを浮かべてみんなを見つめていた。そして夜更け、ぼくを手招くと、

「ごくろうさん」

一言だけ残してそっと帰っていく。

いちど大劇場の舞台を踏み、豪華な雰囲気を味わってしまうと、もう後戻りするのは難しい。座員もすっかりその気になった。

「弱ったなあ、おれはもうじき七十だぞ。昔と違って樹座も大がかりになったし、公演をやるとなると大変な労力なんだ」

そう弱音をはきつつも、やめようとだけは決して言わなかった。ただ、それまではほぼ一年に一度だった公演のペースが、二年という間隔をあけるようになった。

じつはその時点で、まだ実現していない座長の夢が二つあった。一つは、国立劇場での公演。そしてもう一つは、歌舞伎座で『忠臣蔵』を演る。

『忠臣蔵』は衣裳やカツラに破格の費用がかかるので、

——貯金をし、最後に演ろう。

と決め、とりあえずは国立劇場での樹座公演をめざした。

だが、なにせ天下の国立劇場である。しかも伝統芸能のメッカに、素人劇団ごときが使用を許されるのかどうか。

ところが座長と親しい三浦朱門さんが当時、国立劇場の理事長をしていたため、それをぼくらは一縷の望みにした。実際、三浦さんに相談してみると、可能性はなきにしもあらずという感じである。ぼくは興奮を抑えきれずに、

「次は国立劇場かもしれません」

とある座員への手紙に書き添えたのだが、

「国立《くにたち》に劇場があるんですか」

と返事をもらってがっかりした。樹座にはコクリツよりクニタチが似合うのか……。

以後、ぼくは「国立劇場」と書くのはやめ、文字にするときはすべて「ナショナル・シアター」にした。

ナショナル・シアター用に座長が選んだ演《だ》しものは、『コーラスライン』を下敷きにした『The・オーディション』である。伝統芸能が演じられる舞台に、赤いレオタードのラインダンスが──それも二十歳から八十歳までの座員の不ぞろいの脚が跳ねる。それは想像しただけで愉しかった。

こうして樹座全体がナショナル・シアター公演を信じはじめた一九九三年の秋のある午後、ぼくが運転する車の助手席で、座長が突然に言った。それはかつて聞いたことのない憂鬱な口調であった。

「加藤なあ、おれはもしかすると人工透析を受けることになるかもしらん、腎臓が、アカンのや」

冒頭の章にも書いたが、それはまさに青天の霹靂だった。七十歳になったとはいえ、きのうまで一緒に飲んで食べ騒いでいた座長が、突然、人工透析を受けなければならないほど腎臓が悪かったなどと、いったい誰に信じることができただろう。なにしろあの「夕映えの会」のイタズラ——亡き妻を偲ぶ詩の朗読会も、女親分事件も、ついきのうの出来事だったのである。

しかし、事態は急展開で進行していった。お茶の水にある大学付属病院へ人工透析の準備のため入院していったのは、それから一ヵ月と経たない日だった。

「誰にも言うな。見舞いにも来るな」

と座長は怒りを含んだような言葉を残して、ぼくらの前から姿を消したのである。

人工透析には二つの方法があった。血液透析と腹膜透析である。血液透析は、透析機を使って血液を浄化する方法で、これを選ぶと週に三日は病院へ通わねばならない。一方、腹膜透析は自宅でもできる透析法だが、そのためには腹膜灌流装置を家に備えなければならない。

座長が腹膜透析を選ぶことはすでに聞いていた。当時、新聞の連載小説があったから、週に三日も病院へ通い、長時間の拘束をうけるのは忍びがたかったのだろう。

ただし、腹膜透析をするには透析用のカテーテル（管状の器具）を体に埋めこむ必要があった。おそらくそのために座長は入院していったのだと、ぼくはぼくなりに理解していた。

座長はその後、二ヵ月ほどで退院してきた。

自宅に腹膜灌流の透析機を置いて夫人が透析をうけもつ日々がはじまっていたが、だからといって家に閉じこもるという生活ではなかった。樹座のメンバーたちによる退院祝いの会にも出席した。もう座長は何でも食べたし、好きな日本酒も少しだが飲んだ。傍らには杖がいつも置いてあったが、歩くときの足取りはしっかりしていた。体調は確実に回復している、とみんな思った。その証拠にある日の食事会で、話がナショナル・シアター公演におよんだとき、その前祝いにと、座長は一つの計画を口にしてみせたのである。

「コウノさん、樹座とはべつに『ピエール・ジャルダンのファッションショーと、オサム・コウノのリサイタル』というのをやりませんか」

「ピエール・ジャルダンですか、カルダンじゃなく」

とコウノさんが言うと、座長は説明した。

「ファッションショーの第一部は、コウノさんのデビュー・リサイタルにしましょう。歌とヴァイオリンを存分に奏でてください」

実際、コウノさんは趣味が昂じてプロの声楽家について歌を習っていたし、その歌唱力は樹座の舞台でも実証済みである。洗足池にボートを浮かべた例の「ヴェニスのゴンドラ作戦」で、ヴァイオリンを奏でながら女優の名取裕子さんに歌を捧げ、まわりの見知らぬ客からオヒネリを投げられたという実績もあった。

「ぼくが推薦の言葉を書かせていただく。コウノさんは中欧でもっとも名だかい声楽家だと」

「中欧ですか、西欧とか東欧なら聞いたことがありますが」

とコウノさんは首をかしげた。

「まあ、まかせてください。で、第二部はピエール・ジャルダンのファッションショーです。ちょうどそれらしい外国人をぼくは知っている。アメリカ人だけど、片言のフランス語なら話せる。そしてモデルはですね、主婦や女子学生たちになってもらう。もちろん服は自前。いちばんいい服を着てきてもらいましょう。主婦は、年齢、体重は不問です」

そう話がなったときには、すでにコウノさんもその気になって、ついにはリサイタルに合わせて自費制作で自分のＣＤまで出すと言いだした。

「いいですねえ、座長。また前のように遊びましょう」

と〈ミュゾット城のリルケ〉、イケダさんも言った。


二週間後、以前と場所もおなじ新宿モーツァルト・サロンで、「オサム・コウノＣＤ発売記念・リサイタルとファッションショーの華麗なる夕べ」はひらかれた。

客席が招待者ばかりで満員になった頃、スーツ姿の座長がステッキを手に、夫人と連れ立ってあらわれた。やがてリサイタルは開始され、派手な紫色のタキシードに身をつつんだこの日の主役は、急ごしらえの舞台で「オ・ソレ・ミオ」を歌いはじめた。少し緊張の気配が見えたが、出来ばえは上々である。その張りのある声に、聴衆は配られたチラシを見やった。

「知らなかったわ、コウノさんがプロの声楽家だったとは」

「中欧では有名なんですってねえ」

チラシにはこんな座長の推薦文が載っていた。

〈ポーランドの著名な音楽評論家、ウスバ・カゲロフスキー氏は、中欧で最も有名な音楽家はオサム・コウノだと激賞している。イギリスでは内田光子、中欧ではオサム・コウノというのが彼の意見である。このたび、その氏のＣＤが日本でも初めて発売されることになり、長年のファンの渇望はやっと満たされた。私も心ゆくばかり、氏の独唱を楽しみたい。遠藤周作〉


歌が終ると、コウノさんは贈られた花束に埋まり、汗をかき、最敬礼を繰りかえし、客席にむかって手をふりつづけた。会場に来ていた名取裕子さんも舞台に引き出され、ふたりで手を取りながら満場の喝采をうけた。それからコウノさんは、舞台上手にいたピアニストを手招き、みんなに紹介した。

「きょう伴奏をつとめてくださったのは、栄えあるアイダホ農民音楽賞の受賞者――さんです」

台本を書いたのは言うまでもない。もちろんアイダホ農民音楽賞などある訳がない。

つづいてコウノさんは、客席にいたアメリカ人を舞台に招いて言った。

「ぼくの中欧留学時代の親友、ピエール・ジャルダン氏を皆さまにご紹介させていただきます」

そしてこのあと、俄《にわか》仕立てのモデルたちによる抱腹絶倒のファッションショーがひらかれたのである。

考えてみれば、それは座長の最後の〈夕映え作戦〉だった。そしてこのとき、ぼくには思い及ばなかったのだが、遠藤周作は小説『深い河』の最後の難関にさしかかっていたのである。壁にぶちあたり、そのたびに構想の変更を余儀なくされ、無意識と格闘するような小説にむかって衰えはじめた気力体力をふり絞っていた、と没後に発見された『『深い河』創作日記』には書かれている。

二度目の入院生活へと入っていくのは、それからまもなくのことである。

創作日記によれば最初は「河」と名づけられていた小説は、着手してからすでに長い歳月がたっていた。その前の純文学書下ろし作品『スキャンダル』が出たのが一九八六年だから、じつに七年以上が経過していたことになる。いつも純文学を一作しあげると体が数キロちかく痩せているのを見てきたから、おそらく今回も想像以上の苦労を味わっているのだろうとは思っていた。ぼくは憶えていた。

「小説を書くためにどれほど苦労しようが、どれほど犠牲を払おうが、そんなことは作品の価値とはなんの関係もない」
昔聞いたその言葉のとおり、小説を書きあげる苦労についての一切の告白をぼくは聞いたことがないし、こちらからも進行状況や内容について尋ねたことはなかった。ただ今度の小説については、ずっと以前に或る雑誌の対談でこんな打明け話をしていたのを憶えていた。まだ体調の異変に気づくまえのことで、対談の相手は京都大学教授（当時）の河合隼雄氏である。

〈じつはこんど書く小説の最後の場面は、ベナレスへ行った夫婦がガンジス河の岸に腰かけて、死者が流れていくのを二人でぼおっと見ているところで終わるんです。つまり、永遠に向かっていく大きな河の岸辺に夫婦が並んで座っているのですが、とにかく視線だけは同じになっている〉

これから自分が書く小説の結末を明かしたのは、あるいは相手が畏敬する河合隼雄氏だったからかもしれない。当然、ゲラの段階で削られるだろうと思っていたが、雑誌（「プレジデント」一九八九年九月号）に掲載されたときも、のちに単行本（『心の海を探る』同社刊）に収録されたときも、一文字も変えられずにそのまま残されていた。
その対談の後、遠藤周作はインドへの四回目の旅行に夫人と共に出かけていったのだが、小説が完成し本屋に並んだのはそれからさらに三年以上が経った初夏、腎臓悪化による二度目の入院生活に入っていた最中のことである。河合氏に語ったガンジス河畔のラストシーンは結局、実現しなかったが、その創作上の苦悩は没後に発見された『『深い河』創作日記』に知ることができる。

〈何という苦しい作業だろう。小説を完成させることは、広大な、余りに広大な石だらけの土地を掘り、耕し、耕作地にする努力。主よ、私は疲れました。もう七十に近いのです。七十歳の身にはこんな小説はあまりに辛い労働です。しかし完成させねばならぬ。マザー・テレサが私に書いてくれた。God blesse you through your writing〉

（一九九二年七月三十日）

誤解を恐れずに言えば、ぼくは遠藤周作を信仰の人だと思っていたし、亡くなったいまではさらに強くそう感じている。遠藤周作は芸術的悦びより宗教的悦びで小説を書いたのではないか、と思うこともあった。美のためにではなく、信仰の悦びのために書く。遠藤周作が神を書くとき、信仰を描くとき、それらは護教的ではないにしても、一心不乱のさま、作者の体がうち慄えているような熱中をぼくに思わせた。信仰の悦びを充たすために、書く。知られるように、遠藤周作は少年時代にキリスト教の信仰を母親から押しつけられ、訳もわからずに受けいれた。父親との不和から孤独になった母親を息子はそういう形でしか労《いたわ》ることができなかったとも言えるが、以後も体にあわないその洋服＝キリスト教を脱ぎすてなかったのは、それが母親から与えられたものだからだ。棄ててはならぬ、と母を棄てた父を思って誓う。その洋服を棄てることは、母を棄てること……。このときイエスの顔は母の顔となり、生涯棄てぬ、と遠藤周作は自分に言い聞かせる。

信仰とは普通、「神との契約」なのだろう。しかし遠藤周作の場合、それはどこか「母との契約」という色合がつよい。神と遠藤周作とのあいだに、イエスと二重うつしになった母親がいる。だから息子は、神について描くとき体がうち慄える。一心不乱になり、悦びに満ちる。キリスト教文学を書きつづけることは母との契約が依然として守られていることを証す行為であり、同時に母を満足させ、母から認めてもらえる行為だから。

日常生活に見られた、一見すると限度を越えたかのような母親への執着は、そう考えるとき初めて納得できるのだ。

たとえば――、ずっと以前、遠藤家の墓所が造りなおされるあいだ、いっとき母親の骨壺が家に帰ってきたことがあった。そのときの様子を遠藤夫人はこう語っている。

〈主人はもう嬉しくて嬉しくて、お骨を音楽会なんかに持ってまいりました。外国の有名な音楽家が来ると、「おふくろがいたらなあ」って音楽会にお骨を抱いて行くわけです〉

（『夫・遠藤周作を語る』）

また、こうも語る。

〈うちでは良心の象徴が、母なのです。ですから主人が私に、絶対にこれは本当なんだって言うときには、「おふくろに誓ってこれは本当だ」って言うし、私に対しても「おふくろに誓えるか？」って訊きます〉（同書）

しかしその母親の信仰はキリスト教なのである。他の宗教ではない。イエス・キリストによるカトリック・キリスト教。そこには、たとえば輪廻も転生もない。『深い河』に描かれるような、ガンジス河が〈聖なる河〉となる信仰など存在しようもない。

『深い河』には主人公の一人として、修道会から異端視される神父・大津が登場する。彼はフランスの神学校に入学するが、ヨーロッパの厳格なキリスト教を受けいれることができず、落伍者としてインド・ベナレスの教会へ転属させられた。しかしそこでも異端の烙印をおされ、やがて教会からも追放されて、ついには行き倒れた死者をガンジス河畔の火葬場へ運ぶ〈祈りの生活〉を選びとる。しかし彼が死者を届けるガンジスは、ヒンズー教の〈聖なる河〉――転生の河なのである。

「あなたはヒンズー教徒ではないのに」と訊かれて大津は答えている。「そんな違いは重大でしょうか。もし、玉ねぎ（神）が今、この町におられたら、行き倒れを背負って火葬場に行かれたと思うんです」と。そして大津は、自分が運び届けた「行き倒れ」たちが火葬場で炎につつまれるとき、「私が手渡す死者をどうぞ受けとってください」と自分の神に祈るのである。

しかし、大津はそれでもまだキリスト教の神父であることをやめなかった。そんな異端者は教会から出ていけと言われても、出てはいかない。いや、大津の言葉を借りれば「出ていけない」のである。大津は言う。「私はイエスにつかまったのです」と。

大津の信ずる神は、峻烈なイメージとはほど遠い、これまでの遠藤文学にも馴染みぶかい、穏やかな汎神論的な神である。そんな神のイメージが『深い河』ではさらに増幅されている。たとえば大津はマハートマ・ガンジーの語録集を愛読するが、つぎのような一節に深く共感する。

〈さまざまな宗教があるが、それらはみな同一の地点に集り通じる様々な道である。同じ目的地に到達する限り、我々がそれぞれ異なった道をたどろうとかまわないではないか〉

だからこそ彼はキリスト教会から異端の眼で見られ、遠ざけられた。

しかし、この大津の信じる神は同時に遠藤周作が思い描く神でもあるのだ。ぼくはかつて幾度となくこんな遠藤周作の言葉を聞いた。

「富士山に登る道は一つじゃない。どんな道から登ったっていいじゃないか」

異端の烙印をおされるのは遠藤周作もまた同じなのだ。かつて『沈黙』も一部キリスト教会から「禁書」の指定を受けたが、『深い河』はあるいはそれ以上の批判の的となるかもしれない。落伍した神父・大津の信仰の問題にかぎらず、小説中では登場人物の一人〈磯辺〉をとおして、キリスト教にはない〈転生〉まで語られる。

「あれはキリスト教ではない。遠藤教だ」

という声が以前にも聞かれた。

しかしそれでも遠藤周作は依然としてキリスト教徒、カトリックの信徒なのである。『深い河』の大津と同じに〈イエスにつかまった〉人間だった。異端と言われようとも、遠藤周作はキリスト教徒であることをやめようとはしない。なぜなら、それは母親との契約だから。『深い河』を読みかえしたあと、ぼくのなかには、遠藤周作が母親にむけて語りかけるこんな言葉が聞こえてきた。

——あなたから与えられたキリスト教は私のなかでこんな風に変わりました。見てください。これが、私が自分の体にあうように仕立てなおした、あなたから与えられた服です。棄てることだけはせずに着つづけた私の服です。

あれは『深い河』出版からほぼ二年後の平成七年二月十三日、熊井啓監督による映画『深い河』が完成し、最初の試写（零号試写）が五反田のイマジカ現像所で行なわれたときである。すでに遠藤周作の腎臓は回復不能なまでに傷み、自宅での腹膜透析もはじまっていたが、その試写会の日は杖をつきながら自力で会場にむかった。そして、観おわってぼくの車の助手席に乗りこむと、しばらく口をきかなかった。しかし、まもなく車が祐天寺の自宅に近づいた頃、聞きとれぬほど低い声で、しかし感慨をこめて言った。

「あのシーンは、よかったな」

それは、奥田瑛二演ずる大津が、ガンジス河へ死者を運ぶ一日を終えて石造りの暗い粗末な家に帰り、壊れかかった扉をあけて寝所へ入り、祈りを唱え、固いベッドに身を横たえたあとのシーンだった。俯瞰するカメラは、眠りにつこうとする大津の体が徐々にエビのように曲がり、膝を抱えこんだ彼の形がかすかに震えだすのを捉えた。大津は明らかに嗚咽していた。異端の烙印をおされても自分の信ずるところにしたがって気丈に毎日を生きているように見えた彼が、夜更け、異国の、一人になった固く粗末なベッドのうえで、耐えきれずに体を震わせて嗚咽するのである。そのシーンは原作にはなかった。

「よかったな、あそこは」

うなずくようにしながら遠藤周作はもういちど低い声でくりかえした。見ると、助手席の横顔はまるで主人公・大津の苦しみをなぞるかのように歪んでいたが、一方で、たしかな感動も滲ませていた。

大津は外が白みはじめた頃、ベッドを脱けだし、汚水と犬の糞がこびりついた石畳の道を歩き、壁にもたれる瀕死の老婆を見つけて背中にかつぐ。やがて町に朝の光がさしはじめる。あなたは、と大津は心のなかで祈る。あなたは背に十字架を負い、死の丘までのぼった。その真似をいま、私はやっています……。

たとえ異端であろうとも、この落伍した神父の姿は胸に強い輝きで刻まれる。ぼくらは、大津の支払った苦悩とひきかえにキリスト教の枠を超えたさらに大きな〈命の光〉を『深い河』によって贈られた——と遠藤周作が入院中の一九九三年の初夏、ぼくは不吉な予感のなかで思った。

樹座の国立劇場公演が確定したのは、座長が入退院を繰りかえし、人びとの前にもうほとんど姿をあらわさなくなった頃である。

伝統芸能のメッカ国立劇場に樹座が受け入れられたのは、やはり三浦朱門さんの応援があったからだった。劇場の幹部たちにむかって言った三浦さんの「樹座は文化です」という一言が、前例をくつがえす決め手となった。

その朗報を受けたとき、座長は、ほとんど外出することのない、自宅での閉ざされた透析生活へと入っていた。すでに、新聞の連載小説をはじめとするすべての執筆活動は中断されていた。

六ヵ月後に決まった国立劇場公演を、どうしよう……。

ぼくはスタッフたちと相談した。座長のいない樹座は考えられない。しかし無理して借りた国立劇場をキャンセルするのは忍びないし、三浦朱門さんに対しても申し訳がたたない。考えてみれば、上演する『Ｔｈｅ・オーディション』は再演だから、座長のプランはすでに盛りこまれている。ぼくらだけで演ろうとしてできないことはない。それに公演はまだ半年先のことだし、それまでには座長も健康を取りもどす可能性はある。もしかすると、ほんのチョイ役で舞台にあがってくれるかもしれない。病後のリハビリに樹座が役立つということも考えられる——となって結局、予定どおり公演は行なうことになった。

その夏、座長はいちどだけ国立劇場の稽古場に姿をあらわした。待ちわびた登場なのだが、その姿は明らかに憔悴していた。痩身はさらに細くなり、ワイシャツの襟首はゆるんでいた。頰もやつれ、眼には力がなかった。劇場の車寄せから車椅子に移り、稽古場の入口からは座員に肩を借りて、ようやくという感じで稽古場に入った。すると、誰からともなく拍手がわき、それが重なって稽古場を満たした。座員の何人かは泣いていた。懐かしさと、嬉しさと、そして痛ましさで。座長も涙をにじませていた。

ところが一九九五年八月、国立劇場で樹座公演が行なわれた日、全員の予想を裏切る嬉しい事態が起こった。座長が舞台から挨拶したのである。稽古場に姿を見せたときとおなじに憔悴した感じは否めなかったが、語調はしっかりしていた。椅子に坐ったまま挨拶する座長を、ぼくは舞台の袖から掌をにぎりしめて見つめた。何かあったら飛びだす。

しかしその心配は不要だった。五分を超える挨拶を、

「次回の公演では私も元気になって、こんどは主役をやらせてもらいます」

と座長は締めくくった。そしていったん幕をおろした後、スタッフに抱えられてそのまま客席へ移り、途中まで芝居を観て、ドクターストップによって劇場をあとにした。

公の場に遠藤周作が姿をあらわしたのは、それが最後である。

没後、樹座は三浦朱門座長代貸（ご本人による命名）のもとに「遠藤周作座長追悼・解散公演」を行ない、そして永久に消滅した。遠藤周作のいない樹座は考えられなかった。念願の『忠臣蔵』は、解散公演の劇中劇として、討入りの場面だけを上演した。大石内蔵助を演じたのは、御子息・龍之介さんである。

第七章　そして懸命に笑った

古稀のお祝いにて

平成七年十一月三日、文化勲章の授与式が皇居で行なわれる日、ぼくは一人の女性と遠藤周作の病室を訪ねていた。あのモーツァルト・サロンでの「亡き妻を偲ぶ詩」の朗読会で、イケダさんの妻の遺影のモデルとなった女性である。

みんなが「時ちゃん」と呼んでいたその女性は、医学部の学生時代に遠藤周作と出会い、そのとき聞いた一言によって以後の人生の方向を決めた。

「男だって医者の前で尻をだすのは恥ずかしいものだ。女性なら、なおさらだろう。それなのになぜ、日本には女性の痔のお医者がいないのかな。時ちゃん、ひとつ痔のお医者にならんか」

結果、彼女は勇敢にも大腸肛門科をえらんだのである。そこに眼をつけた遠藤周作もさすがだが、それを実行した時ちゃんはもっと偉かった。いまのところ、彼女は日本でただ一人の女性の肛門外科医である。遠藤周作が提唱した〈心あたたかな病院運動〉はこんなところでも花を咲かせていた。

その時ちゃんと、文化勲章授与式に出席できない先生を祝おう、とぼくはその日、お茶の水にある大学付属病院に来ていた。ちょうど祐天寺の自宅に文化勲章が届けられる時刻で、遠藤夫人は使者を迎えるため家にもどっていた。

おめでとうございます、と時ちゃんが赤い薔薇を繋いでつくった首飾りを差し出した。パジャマ姿の遠藤周作は少し眠そうではあったが、照れることもなく薔薇の首飾りを受けた。一ヵ月まえに脳内出血で緊急入院し、一時は集中治療室に入っていたものの、出血箇所が小さかったために手術には至らず、その頃はすでにリハビリテーションもはじまっていたのである。以前にくらべれば口数はめっきり減り、表情もほとんど動かなかったが、その日、顔色は悪くなかった。頰のあたりも入院当時よりふっくらとしていたし、二つの眼にも力がこもっていた。

予定では文化勲章の授与式に出席することになっていたのである。そのための礼服を家から持ってくる手筈も整っていたし、皇居まではぼくが車椅子を自動車で運んでいくことも決まっていた。ところが授章の日が近くなって、それがどうやら不可能だとわかったのである。

文化勲章の授与式というと、夫婦が並んだ皇居での記念写真をぼくらは思い浮かべる。だから、少なくとも遠藤夫人は車椅子を押して会場へ行くことができると思いこんでいたのだが、問い合わせてみると随行が許されるのは式場の入口までで、そこから先は宮内庁の係官が車椅子を押すという。つまり夫人といえども授与式会場に入ることはできない。

それがわかって、予定は変更された。脳内出血の予後ということもあったし、また人工透析中でもあったから、万が一にも宮内庁に迷惑をかけることになってはいけないと、出席を断念したのである。

その日、遠藤周作は薄い秋の陽が差しこむ病室で、鮮やかな緑色のタオルケットにくるまれて横たわっていた。ぼくらが入っていくとベッドの背を立てて上半身を起こし、膝を立てたり伸ばしたりしながら、話しかけられる言葉にもっぱらうなずいていた。ときどき背中が痒いといって時ちゃんに掻いてもらっていたが、二十分ほどすると少し疲れた気配をみせてベッドの背を元にもどした。ぼくは時ちゃんと目くばせし、薔薇の首飾りを枕元の壁にかけると病室を後にした。

「やっぱり今日も笑わなかったですね」

帰り道で時ちゃんは肩を落として言った。

それは以前から二人でよく話しあっていたことだった。ぼくらは二人とも、遠藤周作の笑う顔をもう一年以上見ていなかった。大笑いする姿を見たのは、もしかするとあの「ピエール・ジャルダンのファッションショー」が最後かもしれなかった。だとすれば、あれからもう一年半がすぎていた。昔、ぼくらは遠藤周作から存分に笑わせてもらった。だから今度はこっちが笑わせる番だと、そのための方策を二人で相談しながら落葉が舞いはじめた舗道を駅にむかった。

退院したのは十二月も中旬になった頃である。車椅子で病院の玄関まで降り、そこからぼくの車に乗りこんだ。帰り道、窓のそとの青い空に眼をむけると、

「ひさしぶりだな」

と低くつぶやいた。

そして車が自宅に近づき、目黒・権之助坂をくだりきると、突然、

「ビデオが見たいな。加藤、何でもいいから借りてきてくれないか」

と言った。

そこは以前から通っていたビデオのレンタルショップの前であった。ぼくは車を停め、店に駆けこむと手ばやく二本のビデオを選んだ。タイトルは憶えていないが、気軽なアクション映画だったと思う。

遠藤周作は映画館にもよく出かけたが、家でビデオも驚くほど見ていた。目黒に移るまえ、代々木深町の仕事場にいた頃には毎日のようにビデオショップに通い、ついには、

「もう、あの店のビデオはみんな見た。見るものがなくなってしもうた」

とぼやいていたから相当なものだった。

遠藤周作が映画学校の校長をしていたことは、あまり知られていない。調布の日活撮影所のなかにある、監督やカメラマン、脚本家、俳優をそだてる二年制の学院で、院長に就任し

たのは昭和五十九年だから、十年以上も在任したことになる。二十歳前後の学生たちを前に、「映画学校へ入ったからといって、いかにも映画人だというような服装や格好はするな」と注文をつけたり、特別講義で自分の気に入りの映画——たとえばベルナルド・ベルトリッチ監督の『シェルタリング・スカイ』について八十分間も語ったり、あるいは俳優科の学生たちを自分が原作の映画『海と毒薬』に出演させたりもした。同時に、新聞奨学生も多い学生たちの状況を知って、

「東京へ一人で出てきて勉強すれば、つらい寂しいことも多いだろう。加藤、彼らの相談係になってやってくれ」

と心遣いも見せた。

また、その映画学校で教えている撮影監督の髙村倉太郎氏や映画美術の木村威夫氏から現場の話を聞くのを愉しみにしていて、その話がはじまるといつも身を乗りだすようにして聞き、矢継ぎ早に質問をあびせた。映画好きは灘中学(現・灘高)の頃にはじまったものだが、七十歳をすぎてもその情熱はいっこうに冷めなかった。原稿書きと膨大な読書、そして囲碁や俳画、茶、ダンスといった稽古ごとのあいまに、ビデオショップの映画まで見つくしていたのだから、遠藤周作の一日はいったい何時間あったのかと不思議になる。

ただ、退院の日に借りた二本のビデオを実際に見たかどうかはわからない。人工透析がはじまってからは視力も以前にくらべてかなり落ちていたし、読書さえ儘ならなかったことを

考えると、そのビデオを退院直後に二本とも見たとは思えない。となると、権之助坂の下でビデオを借りてくれと言ったのは、見ることが目的というより、

——これから元のようになるぞ。

という意気ごみの表明だったのかもしれない。

それでも退院して一週間ほど経った十二月二十日には、西麻布の個人の家で行なわれたクリスマス会に出かけた。音楽評論家の遠山一行氏と、ピアニストの遠山慶子さん夫妻がひらいた「遠藤周作さんの退院を祝うクリスマス会」である。

その日、遠山邸に着き、車椅子で客間に入って行くと、古くからの仲間たちが遠慮がちな、しかし心のこもった拍手で迎えた。遠山一行氏が会長、遠藤周作が副会長をつとめる勉強グループ「日本キリスト教芸術センター」のメンバーたちで、井上洋治神父や阪田寛夫氏、矢代静一氏、上原和氏、木崎さと子氏、上総英郎氏などの顔があった。それらの人びとからの拍手に戸惑いつつも、いかにも嬉しそうで、白葡萄酒を少し飲み、気心のしれた遠山慶子さんが皿にとってくれる手料理をうまそうに食べた。

ぼくが知るところでは、家に籠もりがちだった当時の遠藤周作が、それでも自分から行きたがった場所が二つだけある。中国流・義兄弟のサカズキをかわした胡強さんの中国料理店「福禄寿」と、西麻布の遠山邸——この二つへだけは、たとえ体調が悪いときでも出かける

ことを厭わなかった。

ところで、遠藤周作を笑わせようという時ちゃんとぼくの目論見が、どうやら実現できるかもしれないと思ったのは、平成八年が明けた頃である。遠藤邸へ年始の挨拶に行ったぼくに、夫人がこう言った。

「まだ大勢の方の前に出ると主人は疲れるけれど、少しずつ馴れていかなければならないと思います。十人ほどの食事の会を計画してくださるかしら。できれば月に一度くらいずつ、ひらきたいと思っています」

欣喜してぼくは時ちゃんに電話をした。さて、二人でどんな作戦を立てようかと勇んだのだが、あいにく彼女は食事会の頃は大腸肛門学会で関西へ行っているという。

「残念、残念」

と、しきりに叫び、

「こうなったら加藤さんにお任せします。絶対に先生を笑わせてくださいね」

任されて考えこんだ。

けれどもなかなかいい案が浮かばない。クラい性格が災いしてか発想がどうもカラリとしたものにならない。考えてみればぼくは女房のことだって笑わそうとしたことがない……などと妙な反省にいたり、しかたなく、当日来ることになっている山崎陽子さんに助けを求めた。劇団樹座《きざ》の座付作者を長年つとめてきた陽子さんなら、あの舞台のように抱腹絶倒のシーンを作ってくれるにちがいなかった。

「考えてみます。でも、うまくいくかなあ」

という陽子さんの口ぶりにぼくは確かな感触を得た。語尾をのばして、そこへ微かな笑いをふくませたときは、相当なアイディアに行き当たったときなのである。

一月の終り、原宿の中国料理店・福禄寿で最初の食事会はひらかれた。メンバーは樹座の例の五人組と、かつての「三田文学」のぼくの仲間二人、そして陽子さん。店のオーナー胡さんも加わって、遠藤夫妻を含めて結局十二名になった。

その日はよく食べた。「遠藤フード」と胡さんが名づけた、かつて遠藤周作が福禄寿の調理場で従業員たちが食べていたのを見つけて注文するようになったホウレン草の妙め物や、干し豆腐の細切り、豆腐とスナ肝、カニの黒豆煮といった料理を、残さずに食べた。そして好きな日本酒も少しだが飲んだ。

だが、やっぱり笑わない。イケダさんやコウノさんが以前のイタズラ話をしても顔はほころばない。くりかえされた入院生活と、毎日つづく透析が、生活から何かを奪い去ったようであった。

やがてぼくの隣で、陽子さんがハンドバッグを探りながら囁いた。

「そろそろはじめても、いいかしら」

陽子さんの手に、黒ぶちのオモチャの眼鏡があった。よく見ると、セルロイドに縁どられたレンズには、漫画のような絵が貼りつけられている。そこには奇妙なかたちの眼が描かれていた。

「お願いします、かけてみてください」

ぼくは小声で言った。

陽子さんはちょっとためらい、それから意を決したように顔をふりあげ、両手ですばやく眼鏡をかけた。

一瞬、陽子さんは別人になった。

昔、宝塚のスターとして若い女性ファンから追いかけられた陽子さんは、垂れた、鄙猥《ひわい》な中年男のような眼をしたオバさんになった。その顔が、正面の遠藤周作に向けられている。周囲に爆笑が起こった。ぼくも腹を抱えて笑いながら、陽子さんの眼鏡に描かれた眼と、その奥の眼が見つめている遠藤周作の顔を見逃すまいとした。

だが、笑わなかった。ニコリともしなかった。みんなが笑っているのを眺め、陽子さんの垂れた眼を見つめ、それから静かに眼を伏せて日本酒を一口だけ舐めた。眼鏡をはずした陽子さんの顔が、しおれた花のようになった。

年が明けた二月、二度目の食事会はひらかれた。こんどは青山の懐石風レストランで、このときは時ちゃんも参加した。陽子さんも一緒で、ほかに矢代静一氏夫妻と、かつてイスラエル旅行にも同行した「三田文学」の同窓女性も加わって、遠藤夫妻が来るのを待っていた。

陽子さんはすっかり自信を失っていた。

「私じゃダメよ。加藤さん、お願い」

とめずらしく弱音をはく。しかし陽子さんにできなかったことが、ぼくにできるわけがなかった。以前、遠藤周作がいちばん笑ったのは何だったろうと考えてはみたものの、それもうまく思い出せぬまま席についていた。

やがてこの日の主役は車椅子で夫人に伴われてやってきた。レストランの内部は暗く、テーブルクロスだけが蠟燭の灯りで浮き立っているだけなので、その顔はみんなにはよく見えなかったと思う。しかし車椅子がテーブルに近づいたとき、その表情が微かに変化した。挨拶を受けながら、遠藤周作はたしかに、懸命に笑みを浮かべようとしていた。いや、ぼくにそう見えただけなのだろうか。先日、陽子さんのサービスに笑わなかった謝罪に、その陽子さんへ向けて、懸命に、まるで顔中の筋肉をのこらず使うようにして笑いをかえそうとする……。

しかし実際にはひきつるように頰が動いただけだった。一瞬あとにはもう、闘病がはじまって以来ぼくが見馴れた沈鬱な顔つきにもどり、そのまま表情を固まらせていた。

食卓につくと、正面に坐っていた矢代静一さんが言った。

「やあ、遠藤、元気そうじゃないか。……俺ね、やっとザビエルを書き終えたよ」

するとなんども頷き、

「そうか、たいへんだったな」

と、相手の眼の奥にしみこんでいくような視線を送りつづけた。


再入院は、ほぼ二ヵ月後の四月九日であった。

それは病状の悪化が原因ではなかった。遠藤夫人からのファックスでぼくはその理由を知らされていたのだが、これまでの担当医だった教授が大学を退職して別の病院へ移ったのだという。その教授の赴任先の病院で定期検査を受けるつもりでいたが、遠藤夫人が念のため訪ねてみると、車で一時間半ちかくかかったのである。これでは万一のときに遠すぎると危惧していたときに、慶應大学病院から病状を心配する問い合わせがあり、それで思い切って転院を決めたという。ちょうど病状が小康を得ているときでもあり、転院するならいましかないと遠藤夫人は決断したのであった。

しかし、三日間の予定だった検査入院が長びいたのは、腹膜透析から血液透析へ変えるという治療方針の転換のせいで、血液透析をはじめるにはやはりそれなりの処置が必要なのである。

そして一方、ぼくはその日から不覚にも体調をくずしていた。

眼がうるみ、鼻水が出、咳が止まらなかった。あきらかに風邪なのだが、見舞いに行ってそれをうつしては一大事である。ぼくは秘書の塩津さんに電話で訳を話し、風邪が治ったらうかがいます、と告げた。

ところが咳は二ヵ月たっても止まらなかった。仕事でそとへ出かけ、夕刻に家へ戻ってくると体が重く、しまいには這うようにして二階への階段をのぼっていた。そしてある日、息ができぬほど胸が痛み、病院へ行くと即刻入院を言いわたされた。肺炎だった。レントゲン写真にうつったぼくの肺は真っ白で、炎症反応をしめすＣＲＰの数値は二十二になっていた。正常値は〇・三だというから、かなりの重症だったことになる。

ぼくは入院し、最初の二日間はほとんど眠りつづけた。だが抗生剤の点滴がはじまるとＣＲＰの数値も、レントゲンに写る肺の白さも急速に回復した。そしてまもなく、ぼくは一本の見舞いの電話を受けたのである。

「加藤」

とそのあと何秒か無言がつづき、やがて途切れがちな声が聞こえた。

「だいじょうぶ、か」

ぼくは恐縮し、先生こそ大丈夫ですかと言ったが、あとの言葉は喉につかえ、相手の息づかいだけが微かに聴こえる受話器を握りしめていた。そして電話をかわった遠藤夫人から、加藤の年齢で肺炎というのは何かあるのじゃないか、と先生が心配していたと知らされたのである。

自分こそつらいだろうに……そう思ったときぼくは不意に、ずっと以前のひとつの出来事に思いあたった。

それはある大学教授から聞いた話である。その教授が遠藤周作と会った際、最近耳の具合がよくないと口にしたのだが、それ以後、二人は会う機会がなかった。ところが何年か経ってあるパーティーで顔を合わせたとき、開口一番、耳は大丈夫ですか、と遠藤周作が尋ねたというのである。

「私自身でさえ、耳を病んだことは忘れていたのに」とその教授は言った。「遠藤さんという人は、そういう人なんですねえ」

七月、退院して家に帰ったのは結局ぼくだけだった。その報告と、先方の回復を祈る気持を短く手紙に書いた。するとまもなく、ハガキが届いた。

〈宗哉君。手紙ありがとう。前から君に一筆したためたいと思っていたが、やっと代筆ながら手紙を出せるようになった。秋になったら、二百人位よんで、文化勲章の受章についての御礼の会をしたいので、高橋君、宮辺君と相談して、その節はよろしくたのむ。周作〉

いたたまれず、ぼくは病室に電話した。電話には遠藤夫人が出た。新しくはじめた血液透析が効果を発揮したらしく、前日などは久しぶりにこの一年の出来事について夫人とゆっくり話しあった、とのことだった。

「皆さんにお世話になったから、御礼のパーティーをどうしても自分でひらく、と言っているんですよ。そういう気力が出てきて、私も嬉しくてならないの」

ただ、そのときは血液透析のための手術を受けた直後で、ベッドに腕が固定されている状態らしかった。動脈から毛細血管を経ずに静脈へ直接血液をながす、シャントというバイパス装置を腕につくる手術である。

数日後、ぼくは病室をたずねた。遠藤周作はベッドのうえに体を固定されていた。苦しげな表情だった。何かをじっと耐えているかのような歪んだ顔が少しも動かなかった。

しかし実際にはその頃、遠藤周作は病気からの回復ばかりか、次なる仕事への意欲もみせはじめていたのである。

ヨブ記を書きたい、とは以前にも聞いたことがあったが、病床でその「ヨブ記」について夫人と語りあっていたという。

「人工透析のせいか、主人は体のあちこちの痒みがひどかったでしょ。おれはヨブみたいだなあ、と言いましてね」

と夫人は言った。

「夜、私が首筋や背中をさすっていれば主人は眠っているんですが、少しでも手を休めると眼を醒ましてしまうの。そして痒みと辛さを訴えるのね。でもあるとき、あなたはヨブを書くんでしょ、と言ったら、そのときからもう痒いとは一切言わなくなったの」

旧約聖書に収められている「ヨブ記」は、ヨブという篤信者が、次から次へとふりかかる災難に苦悩する物語だが、その第二章にはたとえばこんな一節がある。

〈敵（サタン）は主のみ前を去り、ヨブの足の裏から頭の先まで、悪性の腫物で苦しめた。ヨブは陶器のかけらを取って身をかき、灰の中に座った。ヨブの妻が言った。「あなたはなお申し分のない人のままでいるのですか。神をのろって死になさい」。しかしヨブは答えた。

「おまえも愚かな女のいうようなことをいうのか。私たちは神からよい物をもらい受ける。それなら、悪い物をも受けるべきではないか」。こうしてヨブは自分のくちびるで罪を犯さなかった〉

（『聖書』フェデリコ・バルバロ訳）

突如として襲いかかった不幸にヨブは懸命に耐える。そして苦しみのなかにあっても、神への信頼と信仰を持ちつづけ、最後にヨブは大きな不幸に耐えた報いを豊かに受けるのである。

あとになって遠藤夫人がこう言ったのをぼくは忘れられない。

「最後の闘病生活が、主人にとってのヨブ記だったのですね。主人はヨブ記は書けなかったけれど、ヨブ記を生きたの」

闘病生活の最後の時期、ぼくは、遠藤周作を苦しめた痒みが首筋からも背中からもきれいに消え去っているのを見た。何かに身を委ねたような静かな眼、無言の姿——、それが胸から離れない。


ぼくが仕事で長野へ出かけ、買ってきた葡萄ジュースとプラムを病室に届けたのは八月二十日である。それを飲み、食べてくれたと遠藤夫人から聞いた日、ぼくはもう一つの明るいニュースを知った。退院後に通う血液透析専門の病院がきまり、そこへ遠藤夫人が打ちあわせかたがた挨拶に行くという。

「なみきばしクリニック」という病院名を聞いて、ぼくはびっくりした。

——そこはたしか、家内の親友が嫁いだ病院で、かつてぼくも一度遊びにいったことがある。

八月二十三日、遠藤夫人に同行してぼくの家内はその病院に行き、退院後の透析に通うための打ちあわせを済ませた。

そしてほぼ同時に、退院がきまった。九月五日、大安。

ところが九月四日に、ぼくは遠藤夫人からの電話を受けた。微熱が出て、それが下がらないという。病院側の意見は、とにかく熱の原因をつきとめ、それを退治してから退院――というものであった。

病室を訪ねると、ぐったりとした姿があった。熱は三十七度ほどだったが、そのためにリハビリも中止されていた。微熱の原因は依然として判明していなかった。しかし判明しないということは、逆に考えればたいした菌ではないということかもしれなかった。

いまから考えれば、それはおそらくこういうことなのだろう。普通の人間なら退治することのできる雑菌――日常のなかにいくらでも浮遊しているような雑菌に、体が勝てなかった。つまり、それほどに衰弱していたのだ。

御子息からの電話を受けたのは、九月二十八日である。昼に食べ物を誤嚥《ごえん》し、それが気管と肺に詰まって呼吸ができない――。

そこから先のことは冒頭の章ですでに書いた。

亡くなったのは平成八年九月二十九日、午後六時三十六分である。

その晩、遺体は病院の霊安室に運ばれた。そして体の一部分だけの病理解剖がすんだ翌三十日の午後、遠藤周作は祐天寺の自宅にかえった。

翌十月一日、通夜が東京四谷の聖イグナチオ教会で行なわれ、十月二日に葬儀・告別式があった。棺には、故人の遺志によって二冊の本が入れられていた。『沈黙』と『深い河』である。

その前夜、祐天寺の自宅で密葬ミサが行なわれたときのこと、ぼくはかつての「三田文学」の友人——初めて一緒に新宿の編集室をたずね、遠藤編集長のもとで共に動きまわった友人と、弔問客に礼を述べるために遠藤邸の玄関口に立っていた。友人が弔問客の靴をそろえているのを見て、龍之介さんの奥さんが言った。

「そんなことまでしていただいて、すみません」

そのときちょうど帰りかける三浦朱門氏が立ちどまり、笑みを浮かべて言った。

「いいんです、奥さん。この人たちは遠藤のスネを齧り尽くしたんですから」

その通りです、とぼくは三浦さんの笑みに頷き、感謝した。ぼくらが言いつくせず、伝えつくせずにいたことを三浦さんがいま言ってくれたのだった。

その後のことで一つだけ書いておきたいことがある。葬儀が終ってからほぼ二週間後、東京世田谷・上野毛の教会で遠藤周作追悼の特別ミサが行なわれた。親族だけの深い祈りのミサである。そのおり、聖堂内に一つの歌が流れた。古いテープを再生したにもかかわらず、その歌声は限りなく澄んでいた。亡くなった御母堂が音楽を学んだ若い日に残した、天に立ちのぼっていく美しい聖歌であった。

終章

まだ評論家だった若き遠藤周作がリヨン大学に留学中、日本へ書きおくったエッセイに「恋愛とフランス大学生」がある。昭和二十六年の「群像」二月号に掲載されたこのフランス通信には、同じ大学に通うひとりのフランス人女子学生の暗く陰惨な事件が記されている。いつもは〈清純可憐〉で〈果実のようにみずみずし〉く見えた女子学生が、ある夕暮れ、眼のしたに隈をつくり、灰色の外套をだらしなく着たまま〈人生に疲れ果てた中年女のよう〉に著者の前を通りすぎる。そしてまもなく、彼女は大学の三階の窓から飛び降り自殺をはかる。やがて著者は、その女子学生がじつは〈頭の禿げた、殆どよぼよぼの〉雑貨屋の老人の情婦であったことを知らされる、という事件である。

清純可憐な女子学生と雑貨屋の老人——この密やかな結びつきに著者は〈ぼくらの想像のつかない肉欲の深淵、くらい秘密〉を感じ、同時に〈陰惨な衰弱感〉と〈情欲の死翳〉が絡みついているのを見つめる。「恋愛とフランス大学生」は、いわばヨーロッパとそこに生きる人間の心の暗部を抉るエッセイなのだが、この文章がぼくの心に強く残ったのは、そういった暗く重いテーマを扱っているにもかかわらず、時折ほっと胸をなでおろさせるような語り口とユーモラスな視点がそのエッセイにはあったからである。

このなかで遠藤周作は、フランスの若者たちの恋愛事情についても触れている。たとえば夕暮れ、大学前のローヌ河岸辺に一人きりで坐り、プラタナスの並木の下で幾組もの男女学生がしっかりと抱き合い〈熱烈に接吻している光景〉を見つめる。するとこんなふうに書くのである。

〈……我と来て遊べや親のない雀、一人身のかなしさ、ぼくは河岸に腰かけ彼等の接吻の最長時間をはかっては愁いをまぎらわします〉

リヨン留学時代、遠藤周作はまだ小説は書いていない。慶應の仏文を卒業後、フランスの現代カトリック文学を学ぶために横浜港を発った二十七歳の遠藤周作は、帰国したら大学の研究室に残るつもりで、リヨン大学では「モーリヤックにおける嫉妬の研究」をテーマに勉強をつづけていた。そんな時期に書いた「恋愛とフランス大学生」のなかに、すでに後年の遠藤文学をうかがわせるテーマと、そしてユーモアが顔をのぞかせるのである。

我と来て遊べや親のない雀……大学に近いローヌ河岸でフランス人学生たちの刺激的な光

景をたった一人で見つめる遠藤周作の生活は、寂しく辛く哀しい。だからこそ自らおどけて、愁いをまぎらわす。のちの『おバカさん』や『ヘチマくん』のユーモアの形態がいつもそうであるように、そもそもの初めから、遠藤流のユーモアは哀しみや愁いと共にあった。哀しみや愁いのないおどけは遠藤文学には登場しない。

冒頭の章で書いたが、札幌行き寝台特急の食堂車で向かいあう老夫婦の無言の光景に、懐中時計をとりだして時間を計ったことも、このことと無縁ではなかった。「夕映えだな」と遠藤周作が窓外の景色を見つめてつぶやいたとき、ぼくは情けなくも気づかなかったのだが、それは現実の黄昏の風景だけでなく〈老夫婦の夕映え〉を意味していた。人生の黄昏にさしかかった夫婦が、ちょうど最後の夕映えのようにして寝台特急での旅に出、食堂車で洒落た夕食をとる。まさに〈人生の短い夕映え〉なのである。しかし夕映えのあとには、暗く長い夜がやってくる。老い、病、そして死。食堂車で遠藤周作が見つめていたものは、老夫婦の一瞬の夕映えではなく、むしろその先の辛く長い時間だった。だからこそイタズラ心は刺激され、時計を出して老夫婦の無言の時間をはかる。哀しみに傾いた人生のバランスを、可笑しみで少しだけ元にもどす。

この〈哀しみ〉と〈おどけ〉の関係について、じつは遠藤周作自身が作品のなかで告白している。それをぼくは没後に知った。

雑誌「三田文学」で遠藤追悼号が編まれることになり、その手伝いを命じられてぼくはほぼ二十五年ぶりに「三田文学」の編集部を訪ねたのだが、寄せられた原稿のなかに新聞社の学芸記者、金田浩一呂氏の「知らなかった狐狸庵氏の顔」があった。そこにはこう書かれていた。

〈氏が亡くなられたあと、私は何げなく角川書店から出ている『天使』（ユーモア小説と銘うってある）という本を読んだ。いわゆる中間雑誌に発表された短篇を収録した本で、その中に「クワックワッ先生行状記」というエッセイがある。／氏の生地である旧満州の大連を、親友の阿川弘之氏とともに海路、訪ねた話で、阿川夫人あての手紙の形をとっている冒頭と末尾の部分は、船中の阿川さんを描いて抱腹絶倒のおもしろさである。／しかし遠藤さんが自分の生家を訪ねる話になると、父母の不和によって暗い少年時代を送ったことが、真率な筆で書かれている。

「その頃、家に帰るのが嫌だった。母の暗い顔を見ねばならなかったからである。（中略）私はそんな自分の心をかくすため悪戯《わるさ》をしたり、おどけた。（略）自分の悲しさをかくすために悪戯をする、おどけるその性格は今日まで私のなかに続いている。むしろ、あの頃、それが形成されたと言っていいのだ。（中略）思えば今日の私の性格は大連時代の暗い日々に作られたのかもしれぬ」

抱腹絶倒のおかしみに溢れる冒頭と末尾の部分に挟まれた悲痛な話の極端な対照に、私はほとんどあきれた。融合なんてものではない。氏の中でおかしみと悲しみは裏表に、しかし画然と分かれて存在していたのではないか〉

ぼくは慌てて本棚からその文庫本『天使』を探しだし、自分の眼でたしかめた。

――悲しさをかくすために悪戯をする、おどける。

その言葉が胸に食いこむ。

そうだったのか、やっぱりそうだったのか、とぼくは遠藤周作のイタズラの一齣一齣をたぐりよせては頷いた。とくに七十歳をすぎてからの、おそろしく手のこんだイタズラ……惚けたような老人を装った函館への旅、ニセ詩人の「亡き妻を偲ぶ詩」の朗読会、女親分事件、ピエール・ジャルダンのファッションショー……その背後には一人の小説家の、いやカトリック作家の、ぼくらに想像できないような苛酷な状況があったのだ、と。

「三田文学」遠藤周作追悼号が刷りあがった冬、ぼくの身には思いもかけぬ事態が待ちうけていた。来春から「三田文学」の編集を担当せよ、という。

遠藤周作と出会った「三田文学」に、遠藤周作が亡くなった年、ふたたび戻る……。やらせていただきます、とぼくは迷わずに答えた。すると、いつか無鹿《むしか》という鄙びた町で聞いた言葉が甦った。

――「三田文学」で加藤と会ってから、もう何年になる。

あのときと同じ言葉をぼくは胸のなかで答える。ただ、年月だけは増えている。

――三十年になりました。

――そうか、三十年か。ということは単なる縁ではないんだな。縁だけなら……。

と言うその顔は、あのときの健康で精力的な遠藤周作ではなく、晩年の病室に見た、痩せて、苦しげで、何かにじっと耐えているような遠藤周作の顔だ。

果して遠藤周作は〝早く来すぎた〟のか――「あとがき」にかえて

遠藤周作はいつから「狐狸庵」を名のったのか。これまでの年譜では、

――四十歳の初春、町田市玉川学園に新居を構える頃、

とされている。家屋の離れを「狐狸庵」と名づけ、みずからを「狐狸庵山人」と称した。柿生《かきお》の里（昭和十四年まであった村名。その後旧村域は川崎市多摩区となり、現在では麻生区）には狐も狸も出てきて、まだまだ人を騙す、と法螺《ホラ》にもちかい人生譚『狐狸庵閑話』を綴って一躍、人気作家となった。そしてほぼ同時に、初の純文学書下ろし長篇『沈黙』に取りかかる。『狐狸庵閑話』と『沈黙』――この〝おどけ〟と〝哀しみ〟の天秤のごときバランスの妙はここにはじまった、とされてきたのである。

しかし没後に分ったのだが、遠藤周作は二十代後半のフランス留学時代、すでに「狐狸庵」を名のることを家族へむかって宣言していた。二〇二三年に行なわれた町田市民文学館での「遠藤周作展・ミライを灯すことば」（生誕百年記念）で展示された、「遠藤秀子から周

作に宛てた書簡」（一九五一年十一月五日付。※秀子は周作の父親の再婚相手）には、

「孤狸《※原文ママ》アンは止たがいいと思います。また他の人が遠藤はまだ人をだますつもりだろう等と思いかねませんよ」

とあって、どうやらこれが遠藤家の総意であったらしい。

さらに、つい最近見つかった資料から、それより前の慶應時代（信濃追分へ堀辰雄を訪ねていた一九四四年、二十一歳の頃）、早くもこの号を用いていたことも明らかになった。カトリック文学に目覚め、堀辰雄の小説世界に心を寄せた時期に、青年は「狐狸庵亭主人」を名のって人々をたぶらかそうとしていたのである。

だが、その名が世間に流布するには、以後の二十年という月日が必要だった。つまり——、四十代後半に入った『沈黙』の作家は、テレビのコマーシャルに登場する。テーブルの上には珈琲が置かれ、そばで洋書のページが風にめくれる。そして軽快な音楽をバックに画面にはスーパーが流れる。

——違いがわかる男、狐狸庵センセイ遠藤周作。

重厚な純文学作家と、軽妙洒脱なエッセイスト——人は、狐狸庵センセイの作りだす痛快な法螺ばなしに腹を抱えて笑ったが、その人生譚には、じつは遠藤文学の本質が込められていたのである。

ところで、遠藤周作が没して十二年目の二〇〇八年、一冊の評論集が、「早く来すぎた作家」として遠藤文学を取りあげた。要するに、――その文学は時代を先取りし、早く来すぎたがゆえに、とかく批判や反感の対象となった。しかし時が経ち、彼の文学は世界の宗教者たちが目指している方向と合致してきたと言える。新しい時代のもとでもういちど評価され直すべきではないか、というものである（『遠藤周作　挑発する作家』柘植光彦編集）。

それからさらに十数年が過ぎた今、あるいはこの指摘は以前にもまして説得力を持つのではないか……と、生誕百年を迎えた二〇二三年の秋、慶應義塾大学の最新の設備を持つ会議室で「周作忌・記念シンポジウム」（司会・進行は筆者）が行なわれた。赦すこと、無力であることを問いつづけた遠藤文学が、現代のきわめて寛容でない社会にどう立ち向かうか――タイトルは「遠藤周作・時代を超える文学」である。

『沈黙』から――文学碑にペンキが掛けられた

まず、遠藤文学の一体どこが早すぎたのか、そのいくつかを確認しておきたい。

三十代後半での結核再発と三度にわたる手術、そこから生還した遠藤周作が再生をかけて挑んだ純文学書下ろし長篇が『沈黙』である。そのクライマックス・シーンで、主人公の若い外国人司祭は踏絵へ足をかける。

紏《ただ》されたのは、棄教していく司祭にむかってキリストが、

「踏むがいい」

と語りかける場面である。

この台詞について、たとえば教会および信徒（主として旧教《カトリック》側）はこう批判した。

――神父は棄教をすすめないし、みずからも棄教しない。

――踏絵に足をかけるのは信仰が弱いからである。

――転ぶことを前提にした信仰など成立しない。

そして、長崎ではひとりの神父がミサの説教のなかで、「読んではいけない書」として『沈黙』を挙げた。つまり、「踏むがいい」というキリストを、教義は許さなかったのである。

当時、それらの指摘に応えるため、作者は日本国内を東奔西走した。教会から呼びつけられれば駆けつけて弁明し、信徒会館での討論会にもいちいち応じた。赦す神がなぜ必要なのかを、聖書のなかの〝裏切る弟子たちに向けられたイエスの眼差し〟を例に出して伝えようとした。

だがほとんどの場合、作家は孤立無援であった。遠藤流のキリストに理解を示す神父たちも、転んでもいいと語る神を、公の席で支持することは立場上できなかったのである。

『沈黙』に対する批判は時が経っても止むことがなかった。たとえば、刊行から二十一年後、物語の舞台となった長崎県外海町（現・長崎市）に「沈黙の碑」が建てられると、まもなくして誰かがそこへペンキを掛けたのである。それも、一度ではなかった。町の人びとは、ペンキを掛けた人間が誰かについて、決して語らなかった。そして『沈黙』を拒否する人びとは、――あれはキリスト教ではない、遠藤教だ、と断じた。

たしかに、「踏むがいい」というキリストは魅力的ではあったが、きわめて遠藤流の神だった。江藤淳が「踏絵のキリストは、私には著しく女性化されたキリスト、ほとんど日本の母親のような存在」と新聞の時評でいち早く見抜いたように、それは西洋流の〝裁き罰する神＝父なる神〟ではなく、〝抱きしめ赦す神＝母なる神〟であり、それこそ作者が『沈黙』に込めた思いであった。踏絵を踏む司祭の足もとにあるのは、「細い腕をひろげ、茨の冠をかぶった基督《キリスト》」である。尊厳もなく、気高くもない。それは「多くの人間に踏まれたために摩滅し、凹んだまま司祭を悲しげな眼差しで見つめ」ている。その眼からは「まさにひとしずく涙がこぼれそう」な基督なのである。

私のなかにはなぜともなく、ひとつの小さな仏像が浮んでくる。日本人にもっとも人気が高いと言われる、奈良・興福寺の阿修羅《あしゅら》像――。

三面六臂《さんめんろっぴ》（三つの顔と、六つの臂《ひじ》）をもつ像の、その正面の顔には、哀しみの気配が色濃い。それは遠い昔、光明皇后が母への供養のために造らせたから、というのだが、一説には、幼くして死んだ自らの子のためだったともいう。……それ故だろうか、阿修羅像の両の眼には、厚い泪袋《なみだぶくろ》まで付けられている。日本人の心をつかんで放さない、少年のごとき阿修羅の顔には、じつは下瞼《したまぶた》に溢れんばかり泪が隠されているのである。

『沈黙』のイエスに、こうした日本の母の姿を見た読者は多かったにちがいない。人々は信仰や教義を越え、寄り添う神、泪する神に限りない親しみをおぼえた。日本人が初めて知る、無力でも実感できる母なるイエスである。

かつて西洋の文学を取り入れながら、その背後にあるキリスト教については無視し続けた近代日本の多くの作家たちに、遠藤周作は不満を抱いていたから、先人が置き去りにしたキリスト教を、日本人にも理解できるものとして捉えなおそうとした。たとえ異端と誹《そし》られようと、自分なりのイエス像、日本人にも通じるイエスの姿を伝えるべく挑みつづけたのである。

「生誕百年　周作忌」記念シンポジウムで、パネリストの一人、マーク・ウィリアムズ氏（日本文学研究者、国際基督教大学副学長）は、西洋の神と遠藤の神との違いを、つぎのような具体例で指摘した。

――英訳本では、最後の踏絵の場面の神の言葉は、命令形の trample!（「踏みつけろ！」※筆者注）になっている。しかしそれは〈父〉の言葉であり、遠藤の原文とは異なっている。なぜなら、遠藤の「踏むがいい」はまぎれもなく〈母〉の言葉なのだから。

そう、西洋の神は人間を裁き罰する〈父〉なる神だが、遠藤周作が日本に持ちこもうとしたのは、人を赦し抱きしめる〈母〉なるキリストであった。たしかに西洋でも、〝優しい母〟を求めるマリア信仰は各地に見られるが、じつはマリアは神ではなく、人と神を取りつぐ存在であり、遠藤のいう〝母なるキリスト〟は西洋では語られることはなかったのである。

『死海のほとり』『イエスの生涯』から──〈無力〉を説く異端

『沈黙』のあと、二冊目となった書下ろし長篇は『死海のほとり』である。ほぼ同時に、「聖書物語」（のちに『イエスの生涯』と改題）の連載に取りかかっている。ドストエフスキーもモーリヤックも、外国の作家なら誰もが〝自分なりのイエス像〟を書こうとしたが、遠藤のイエス伝は、奇蹟など一つも行なえない、無力な男の物語であった。彼は、魚やパンを増やすこともせず、病者を前にして治すこともできず、苦しむ者のただ傍《かたわ》らに居ることしかしなかった。一体、これまでの作家が、これほどに無力なイエスを描いたことがあっただろうか。

だが、遠藤流イエス像は多くの読者に受け入れられたのである。この無力な男の物語は、日本人ばかりか西洋の人びとの心さえも揺すった。

前述の記念シンポジウムにメッセージを寄せた慶應義塾の伊藤公平塾長も、遠藤作品から受けた個人的な影響についてこの日、次のような意味のことを語った。──私は家族の皆がカトリックという環境に育った。そして若い日には聖書に対する疑問も多かったが、『イエスの生涯』や『死海のほとり』を読み、何もできない無力なイエスを知り、こういう自由な捉え方もあるのだ、これでもいいのだ、と解放された気分になった、と。

たしかに、『死海のほとり』にはこうある。

「あなたは無力で、無力だったからナザレで追われ、ガリラヤの村々からも追われ、無力だったから、エルサレムで人々に罵られながら捕えられ、無力なくせに自分の体から絞りだした苦痛の脂で、たくさんの人間の悲しみを洗おうと考えられた。そして、死のまぎわ、いつもお前のそばにわたしがいると呟かれた」

シンポジウムのもうひとりのパネリスト、作家の青来有一氏は、

「なぜ無力さがそれほど重要なのか、長く心にひっかかっていた」と「高原文庫」（第三十八号）に記し、やがてそれが神の沈黙と結びついていることに気づいたという。

「神は人間に寄り添って見守るしかないのだ。人間が苦しみのなかで神に祈っているだけでなく、神もまた人間のために祈っているのではないか。それは全身全霊をかけ、わが子を産み落として力尽きた母のイメージに重なる」と、無力と母性、同伴者という三つのイメージを結び合わせている。

さらに、パネリストの中国文学者で「三田文学」編集長でもある関根謙氏は、二〇二〇年に刊行された遠藤周作の未発表小説『影に対して』を例に作者の中国・大連での少年時代に

ふれ、遠藤周作にとっての異郷と異端への意識は、大連での母と二人の徹底的な閉鎖体験にはじまっている、と〈無力〉と〈母〉の結びつきの一端を裏づけた。

『深い河』から――神は多くの名を持つ

もう一つ、遠藤周作の最後の書下し長篇『深い河《ディープ・リバー》』に触れておきたい。入退院を繰り返した七十歳での作品にもかかわらず、ここでも作者は異端としての挑戦をやめていない。

『深い河』の主人公は、インド・ガンジス河とも言える。命あるものすべてを包みこんで滔々《とうとう》と流れる〝母なる河〟――。この小説のなかでは、それぞれの宗教の名に意味は無い。キリスト教であれヒンズー教、仏教、イスラム教であれ、最終的には一つの同じ神（人間を超えた大いなるもの）に至る、という「宗教多元主義」が作品の背後に横たわっている。もともとはイギリスの神学者ジョン・ヒックによる提唱（『宗教多元主義』間瀬啓允訳）だが、遠藤周作もかなり以前から同じ考え方を明らかにしていた。

『深い河』の主人公の一人である落伍した神父・大津も、マハートマ・ガンジーの語録集から、こんな一節を繰りかえし読んでいる。

「さまざまな宗教があるが、それらはみな同一の地点に集り通ずる様々な道である。同じ目的地に到達する限り、我々がそれぞれ異った道をたどろうとかまわないではないか」

だから、大津はこんなふうに考える。

「玉ねぎ（※「神」をさす隠語）がこの町に寄られたら、彼こそ行き倒れを背中に背負って火葬場に行かれたと思うんです。ちょうど生きている時、彼が十字架を背にのせて運んだように」

あるいはまた、大津はこう問いかける。

「ぼくは……異端的でしょうか。あの方に異端的な宗教って本当にあったのでしょうか。あの方は違った宗教を信じるサマリヤ人さえ認め愛された」

大津は作者自身でもあるのだが、この人物を通して語られるのは、遠藤周作が若い日の留学で味わった西洋との距離感——西洋から撥ねつけられたというまぎれもない実感である。キリスト教会のほかに救いはないとする旧来の宗教観に、大津も、遠藤も強い違和感を抱いた。だから彼らは、宗教の扉を取りはらい、おなじ目的地へ歩もうとする。なぜなら、神は多くの名を持つのだから——。このテーマにむかって、遠藤周作は日本の地で格闘しつづけてきたのである。しかし、当時も今も、宗教間の対立と争いはこの世界に止むことはない。

じつは、『深い河』の構想を練っていた一九九一年、作者はニューヨークを訪れていた。そして、たまたま世界貿易センタービルの一〇七階「ウィンドウズ・オン・ザ・ワールド」で昼食をとったのだが、このツインタワービルが九・一一事件で瓦解するのは、それからちょうど十年後のことである。イスラム教徒によるハイジャック機の突入とそれに対するキリスト教徒側の反撃——神が異なる名を持ったがゆえの戦いなのだが、残念ながら対立はその後も時と所を変えて引き起こされている。

ハリウッド映画「沈黙——サイレンス」から

遠藤周作がニューヨークへ行ったのは、一つにハリウッドの映画監督マーティン・スコセッシに会うためでもあった。その席で『沈黙』映画化の契約が行なわれたのだが、その後の製作に長い年月がかかり、映画の公開は原作者の没後二十年目のことになる。

しかしこの映画で特筆すべきは、全編にわたって原作者の意図がほぼ完全にと言っていいほど理解されていたことだろう。

一つの例を挙げてみたい。

前述のシンポジウムにおけるマーク・ウィリアムズ氏による指摘——踏絵に足をかけるクライマックスで銅版のイエスが「踏むがいい」と語る場面《シーン》を思い出してみよう。映画では、『沈黙』英訳本（現在でもウィリアム・ジョンストン訳のみ）に見られる、

「trample!（踏みつけろ！）」

という言葉は使われていない。かわりにスクリーンから聴こえてくるのは、

「It's all right. ……Step on me.（いいから……踏みなさい）」

まさしく〈母〉の言葉なのである。

さらにこの映画のラストシーンもまた印象的であった。火葬場へ運ばれる桶のなかのロドリゴの掌には、日本人の妻（犯罪で処刑された男の妻）が密かに握らせた粗末な十字架がある。それを手に、死んだ彼は火葬の炎に包まれていく。そこまでは原作の意図に限りなく忠実に映像をつないできた監督が、最後の最後で映画の特権を行使するのだ。つまり、スコセッシが用意したのは、小説にはないシーンであった。

私の瞼の奥では、そのときロドリゴは光の翼を持っている。徹底的に打ちのめされた者だからこそ、そして烈しく痛んだ者だからこそ、そこには見えない一筋の光が射す。スクリーンでは、たしかに光がロドリゴを包み、そして彼は汗ばむほど神に抱きしめられていた。

遠藤周作没後、二十八年が経つ。その間、この作家の本は変らず出版されつづけてきた。再版本や新装本だけでなく、初めて編まれた新刊書も数多い。普通、物故作家の本は書店の棚から消えるというが、遠藤周作の場合、消えないばかりか、没してなお新規に編集された本が出つづける。しかも、それが版を重ねる。ここ数年をみても、河出書房新社からは八冊もの新刊本（主に若い日の単行本未収録作品等を集めたもの）が出版されたし、四年前（二〇二二年）に刊行された未発表小説『影に対して』（新潮社）も版を重ね、新発見の三戯曲を収めた『善人たち』（同前）もまもなく文庫化されると、この稿を書いている最中に聞いた。

また、『沈黙』は一昨年末に三万部の増刷（文庫版）があった。単行本を合わせると、じつに三百万部を超えたことになる。文学の世界でのベストセラーといえば、村上春樹作品は別にして、たとえば俵万智『サラダ記念日』が一番に浮ぶが、この作品にしても累計は二百八十五万部なのである。

いったい、神と信仰をテーマにした遠藤文学がこれほどに売れていいものか……。

答のヒントとなる言葉が、日系アメリカ人画家で作家のマコト・フジムラの著書『沈黙と美／遠藤周作・トラウマ・踏絵文化』のなかにある。彼は、「遠藤は痛みの小説家だ」と記す。若い日からの病床体験を含めて、遠藤の場合、人生で受けた痛みのすべてが言葉を生む起因になっているという。

「彼が書くのは、人間の苦しみを理解するため、そして言語の障壁と限界を乗り越えようとするためである」（『沈黙と美』）

この痛みに報いるかたちで射す光が、『沈黙』を初めとする遠藤文学の核心と言えるかもしれない。かつて千利休は黒楽茶碗に犠牲の美を隠し、長谷川等伯は描いた黒い月に悲哀の美を塗りこめた。それと同じ痛みが、遠藤文学には塗りこめられている。『沈黙』のロドリゴは、激しく痛んだからこそ、限りない愛と恩寵に包まれた。

いま、この争いと侵略の時代、そして不寛容さがきわだち自己責任という言葉がためらいもなく口にされる時代だからこそ、遠藤周作の〈無力〉〈優しさ〉、そして〈赦し〉は再考されるべきなのだろう。早く来すぎた狐狸庵先生／遠藤周作に、ようやく時代が追いついた。

加藤宗哉

二〇二四年七月

＊本稿は「果して遠藤文学は〝早く来すぎた〟のか――生誕百年『2023周作忌』を終えて」（「三田文學」二〇二四年冬季号）に加筆したものです。

＊周作忌　没後一年目の命日（九月二十九日）に、「遠藤周作さんを偲ぶ会」（於・東京會舘）として行なわれ、千二百人が出席。翌年からは会場を三田の慶應義塾大学に近い「中国飯店」に移し、三年目に「周作忌」と命名されて、以後は毎年の命日に行われるようになった。故人と縁のあった人々に読者も加わり、没後十年目には再び会場を「東京會舘」へ。その後、東京・一ツ橋の「如水会館」へ移ったが、新型コロナ感染拡大中はリモート開催となり、二〇二一年から慶應義塾大学内のホール、会議室で「会場参加&オンライン方式」として開催されている。初期の主催は「遠藤周作忌実行委員会」であったが、途中から「周作クラブ」（没後にできた愛読者の集り）が中心となり、近年は「三田文学会」と共催で行なわれている。なお、遠藤周作の墓所は二〇一五年に東京・カトリック府中墓地から東京・麹町「聖イグナチオ教会」地下墓所（クリプタ）へ移っている。

＊「周作忌」に関する問合せは、「三田文學」編集部（mitabun@muse.dti.ne.jp）もしくは「周作クラブ」（Shusaku_club@yahoo.co.jp）まで。

✝本書は一九九九年五月、文藝春秋より刊行された『遠藤周作　おどけと哀しみ　わが師との三十年』を一部改題の上、「果して遠藤周作は〝早く来すぎた〟のか」を加筆しました。

加藤宗哉（かとう　むねや）
一九四五年、東京生まれ。慶應義塾大学経済学部卒業。学生時代、遠藤周作編集の「三田文学」を手伝う。同誌に載った作品が「新潮」に転載され、作家活動に入る。以後、小説を「文藝」「季刊創造」「三田文学」等に発表。一九九七年から二〇一二年まで「三田文學」編集長および慶應義塾大学文学部講座「文章と表現」を担当。一四年から二一年まで日本大学芸術学部文芸学科非常勤講師。著書に『神さまを見つけた30人』（聖パウロ女子修道会）、『死に至る恋　情死』（荒地出版社）、『小説　成功の法則　バブルを征服した男の実録』（かんき出版）、『モーツァルトの妻』（PHP文庫）、『愛の錯覚　恋の誤り　ラ・ロシュフコオ「箴言」からの87章』（グラフ社）、『遠藤周作』『吉行淳之介　抽象の閃き』（ともに慶應義塾大学出版会）等多数。

遠藤周作　おどけと哀しみ
――わが師・狐狸庵先生との三十年

二〇二四年九月二〇日　初版印刷
二〇二四年九月三〇日　初版発行

著　者　加藤宗哉
装　幀　鈴木成一デザイン室
発行者　小野寺優
発行所　株式会社河出書房新社
〒一六二-八五四四
東京都新宿区東五軒町二-一三
電話　〇三-三四〇四-一二〇一（営業）
〇三-三四〇四-八六一一（編集）
https://www.kawade.co.jp/

印　刷　株式会社亨有堂印刷所
製　本　小泉製本株式会社

Printed in Japan　ISBN978-4-309-03212-2